हरी डाल पर पीले पत्ते

हरी डाल पर पीले पत्ते

रघुनन्दन शर्मा 'तुषार'

वाणी प्रकाशन

वाणी प्रकाशन

4695, 21-ए, दरियागंज, नयी दिल्ली 110 002

फ़ोन : +91 11 23273167 फ़ैक्स : +91 11 23275710

शाखाएँ

अशोक राजपथ, पटना 800 004, बिहार

कॉफ़ी हाउस कैम्पस, महात्मा गांधी मार्ग, इलाहाबाद 211 001, उत्तर प्रदेश

महात्मा गांधी अन्तरराष्ट्रीय हिन्दी विश्वविद्यालय, वर्धा 442 001, महाराष्ट्र

सुल्तानिया रोड, मोतिया पार्क, भोपाल 462 001, मध्य प्रदेश

www.vaniprakashan.in
marketing@vaniprakashan.in
sales@vaniprakashan.in

HARI DAL PAR PEELE PATTE
by Raghunandan Sharma 'Tushar'

ISBN : 978-93-89012-31-6

Novel

प्रथम संस्करण 2019

मूल्य : ₹ 150

सिटी प्रेस, दिल्ली-110 095 में मुद्रित

वाणी प्रकाशन का लोगो मक़बूल फ़िदा हुसेन की कूची से

समर्पण

उन क्षणों को जिन्होंने मुझे जीने नहीं दिया
और
उन परिस्थितियों को भी जिन्होंने मुझे मरने नहीं दिया।

–तुषार

आत्म-अभिव्यक्ति

यदि मेरी पीड़ा अन्तहीन न होती तो उसके होने पर मन इतना नहीं दुखता यदि बबूल के काँटों की डगर में कुछ गुलाब की कलियाँ भी बिछी होतीं त काँटों की चुभन मेरे पैर सानन्द सह लेते। मगर ऐसा हो नहीं सका। न तं पीड़ा ने मेरा साथ छोड़ा, न ही काँटों ने मेरे तलवे की नरमी को। पीड़ा मेरं संगिनी बनने को क्यों उतारू है, मैं समझ नहीं पाया। पीड़ा को शायद में हृदय की नमी, नाज़ुकता कुछ ज़्यादा ही मुफ़ीद है।

आज से इक्कीस वर्ष पहले मैंने यह उपन्यास मात्र नौ-साढ़े नौ घण्टे लिख दिया; यूँ ही एक काग़ज़ का टुकड़ा हाथ में आया और मैं लिखने लगा तब तक यह सोचा भी नहीं था; जो भावनाएँ भड़क रही हैं, वो उपन्यास क रूप लेने को लालायित हैं। पूरा उपन्यास लिखने के बाद कई बार सोचा वि इन भावनाओं को काग़ज़ पर समाहित रहते अँधेरे में ही छोड़ दिया जाये पर मन करता था कि नहीं, इन्हें यूँ ही अनाथ न छोड़ा जाये। इनको मू रूप में मेरे सामने, सबके सामने आना चाहिए। हो सकता है समाज में ऐर्स घटनाएँ होती आ रही हों। हो सकता है यह उपन्यास औरों की भावनाअ का भी प्रतिनिधित्व करे। उनकी भावनाओं का दर्पण बने और उस दर्प में अपने आपको देखे।

उपन्यास लिखते समय न जाने कितनी बार कितने काग़ज़ों ने मे आँसुओं से सम्पर्क किया। भावनाओं के न जाने कितने चश्मे कितनी बा फूटे। तसल्ली हुई कि चलो काग़ज़ पर मेरी भावना मूर्त रूप में उभरी। मे सामने अक्षर रूप में आकर खड़ी हुई। मैं स्तब्ध भी रहा, मैं ख़ामोश भी रहा

मुझे इस बात की ग्लानि है कि परिवार में दरार अतिवेग से चौड़ी होती जा रही है; कुछ अपने ही अपना महत्त्व मनवाने के लिए आग में घी का काम करते हैं, मगर वे यह नहीं समझते कि उनकी यह हरकत उनको भी पूरी तरह से तोड़ सकती है।

कुछ सकुचाते, कुछ घबराते हुए मैंने 'वाणी प्रकाशन' से सम्पर्क किया; इससे पहले वाणी प्रकाशन से मेरा गीत संग्रह 'इस बस्ती में क्या रखा है' प्रकाशित हो चुका था। उन्होंने सहर्ष इसे प्रकाशित करने की मेरी मंशा स्वीकार की और मेरा यह पहला उपन्यास होते हुए भी इसे प्रकाशित किया, वरना मेरी भावना, मेरे शब्द विलुप्तता की तरफ़ अग्रसर हो जाते। अतः मैं वाणी प्रकाशन के श्री अरुण माहेश्वरी जी का हृदय से आभारी हूँ।

मैं आशा करता हूँ कि पाठकगण अपनी प्रतिक्रिया से मुझे अवगत कराएँगे। आभारी रहूँगा।

नयी दिल्ली

—**'तुषार'**

आत्माराम स्तब्ध रह गया जब उसका छोटा भाई धनीराम अपने बेटे कक्कू के विवाह का कार्ड उसके घर देने आया। जब उसने पढ़ा 'श्री आत्माराम, दिल्ली' तो अचम्भे में डूब गया। पहली बात तो अग्रज को विवाह का कार्ड, खासतौर पर जब विनीत में उसका भी नाम हो, देने की आवश्यकता ही नहीं रहती और अगर दे भी दिया था तो 'परिवार सहित' शब्द को लुप्त कर देना उसे बहुत अखरा। उसे लगा मानो उसके परिवार का निर्दयता से वध कर दिया गया है।

लग्न पत्रिका को लिफ़ाफ़े से निकालकर आत्माराम ने सरसरी दृष्टि डाली तो उसे कई बातों का ज्ञान हुआ, जैसे—पहली बार उसे पता चला कि उसके भतीजे की होने वाली दुल्हन का नाम क्या है तथा वधू का परिवार कहाँ का है, उसके पिता का नाम क्या है। सरसरी दृष्टि सरकते-सरकते एकदम ठिठक गयी। ठिठक क्या गयी जड़ हो गयी, जब कोशिक परिवार में मूलचन्द नाम उससे जुड़ा हुआ पाया। आत्माराम काफ़ी सोच-विचार करके भी इस नतीजे पर नहीं पहुँच सका कि मूलचन्द नाम का व्यक्ति उसके परिवार में भाई को जगह प्राप्त कर गया और उसे पता तक नहीं चला। इस प्रकार के आश्चर्यजनक चमत्कार पहले भी कई बार घटित हो चुके थे किन्तु पर परिवार नें किसी अवांछित मूलचन्द नाम का व्यक्ति आ धमकेगा, आत्माराम ने नहीं सोचा था।

आत्माराम ने अपने भाई धनीराम से इस बारे में पूछना ठीक नहीं समझा कि यह मूलचन्द महाशय कौन है? आत्माराम के अलावा उसके अन्य चार अनुजों की शायद मौन या प्रत्यक्ष सहमति हो मूलचन्द को कौशिक परिवार में जोड़ने की। उस वक़्त तो आत्माराम को यही लगा, फिलहाल तो वही अवाँछनीय, बहिष्कृत, तिरस्कृत तत्त्व है।

लग्न पत्रिका को देने में आत्माराम को आमन्त्रण की सुवास न के बराबर महसूस हुई बल्कि चिढ़ाने का, अपमानित करने का अहसास ज़्यादा हुआ। शादी-विवाह के अवसर पर अपनों को अपमानित करने का अपना अलग ही मज़ा होता है, शायद शादी-विवाह आजकल होते ही हैं अपनों द्वारा अपनों का अपमान करने के लिए।

''ये लो, कॉफी पियो,'' आत्माराम ने कॉफी का प्याला धनीराम की ओर बढ़ाते हुए कहा। धनीराम ने आत्माराम के आग्रह की ओर ध्यान तक नहीं दिया।

"कॉफी ठण्डी हो रही है। तुम चाय नहीं पीते ना, इसलिए कॉफी बनवाई है।" आत्माराम ने अपनेपन की सुगन्ध बिखेरते हुए धनीराम से फिर आग्रह किया।

"तुमने भी कहाँ पी थी चाय, जब नन्दपुर आये थे।" धनीराम के मुँह से निकल पड़ा।

"चलो रहने दो," और आत्माराम ने पुत्री संयोगिता से कॉफी का प्याला मेज़ से ले जाने को कहा। "भाई धनीराम! किस वजह से तुमने पारिवारिक रिश्तों को टेढ़ापन दे रखा है, कुछ तो पता चले। क्या यह सिलसिला पीढ़ियों तक चलाने का इरादा है?" आत्माराम किसी भी तरह की शंका, कुशंका आदि साफ़ कर देना चाहता था। पर उत्तर सुनकर वो सन्न रह गया, जब धनीराम के मुँह से निकला—"यह सिलसिला तो पीढ़ियों तक चलता रहेगा भाई साहब!"

आत्माराम चाहता था कि दोनों भाई अकेले बैठै हैं, दोनों मिलकर आपस की कटुता ख़त्म कर लें मगर साथ आया अनुज नरेन्द्र, धनीराम को ये कहते हुए उठा ले गया कि पत्रिका अभी और जगह भी देनी है। वह बोला—"चलो भैया!" धनीराम उठकर चल पड़ा। आत्माराम को लगा, जैसे पानी का बहाव खड़ा-का-खड़ा रह गया है या आशियाने को आग लग गयी। फिर आशियाने के साथ वो भी भस्म हो गया।

आत्माराम लग्न पत्रिका पर लिखे 'श्री आत्माराम, दिल्ली' को बार-बार पढ़ता रह गया। अक्षरों की बनावट, कार्ड का रंग-रूप देखता रह गया।

यह बात भी उसके लिए गौण हो गयी कि तीन माह पहले उसकी पत्नी के फायब्रॉईड का जो ऑपरेशन हुआ था, उसके बारे में उसके देवर धनीराम ने एक बार औपचारिकतावश पूछा भी नहीं। उसे याद आया कि ऑपरेशन के बाद जब उसकी पत्नी घर आयी तो, आसपास की महिलाओं का हुजूम किस तरह उमड़ पड़ा था उसकी ख़ैरियत जानने के लिए। रिश्तों का वो कौन-सा धरातल या धाम है जो उसमें दरार ही पैदा नहीं करता, उसको खाई में परिवर्तित कर देता है। इस अनबूझ पहेली में आत्माराम शून्य में खो गया। इससे पहले भी धनीराम ने दो दिन पहले फ़ोन पर सूचित किया कि आत्माराम को कक्कू की सगाई में आना है। शाम के साढ़े चार बजे टीका था। फ़ोन तीन बजे आया। तैयार होने में आधा-पौना घण्टा लग जायेगा। जाना भी पच्चीस किलोमीटर दूर था। कैसे सम्भव है ये सब। ना बुलाने का एक ख़ूबसूरत बहाना है। आत्माराम ने फ़ोन पर ही कक्कू के लिए आशीर्वाद दे दिया। सुखी वैवाहिक जीवन की कामना कर डाली।

आत्माराम को पता था कि धनीराम की पत्नी और साली नहीं चाहती कि आत्माराम तथा उसका परिवार उनके किसी भी मांगलिक कार्य में सम्मिलित हो। उन लोगों ने आत्माराम को धनीराम तथा अन्य भाइयों से छीन लिया था। आत्माराम उनके लिए कबाब में हड्डी था।

आत्माराम को रात भर नींद नहीं आयी। उसे रात भर परिवार का बिखराव, कटाव कचोटता रहा। हर पल, हर क्षण एक पैनी सुई का काम कर रहा था। रात काटे नहीं कट रही थी। ह्रदय सीने को फाड़कर मेढक की तरह फुदककर बाहर आ जाना चाहता था। रात-ही-रात में लाचारी का नाम आत्माराम हो गया।

दूसरे दिन शाम को आत्माराम ने अपनी गाड़ी निकाली। एक खाली लिफ़ाफ़ा लिया। दो सौ एक रुपये उसमें रखे और चल दिया कक्कू के विवाह स्थल की ओर जोकि उसके अनुज नरेन्द्र के घर पर सम्पन्न होने जा रहा था।

आत्माराम एक साँस में सीढ़ियाँ चढ़ता हुआ नरेन्द्र के घर पहुँचा, जहाँ चाक भात की रस्म की तैयारी हो रही थी। आत्माराम को देखकर आत्माराम की चाची चमेली, धनीराम की साली शीला तथा साढ़ू सब सन्न रह गये।

उनके लिए ये घटना विस्मयकारी एवं अप्रत्याशित थी। उनको लगा जैसे कोई जंगल का शेर भरी बस्ती में आ धमका है या बादल फट पड़ा है या फिर कितने ही साँप एक साथ सूँघ गये हैं।

"चाची! ये निमन्त्रण कार्ड मुझे दिया गया है। शायद आपने यह नेक सलाह धनीराम को दी हो मुझे निमन्त्रण कार्ड द्वारा बुलाने की।" आत्माराम शान्त भाव से बोला। चाची ख़ामोश रही। उस ख़ामोशी में आत्माराम ने देखा कि सागर में हज़ारों लहरें एकदम उठ खड़ी हुई हैं और किनारे पर अपने आपको लाकर पटक दिया है। आत्माराम ने लिफ़ाफ़ा चाची के हाथों में थमा दिया।

"ये क्या है?", चाची के मुँह से शब्द फूटे, मगर कुछ डर और ख़ामोशी के साथ।

"न्योते के रुपये हैं", शान्त भाव से आत्माराम ने कहा।

"भाई का भी कोई औपचारिक न्योता होता है क्या," चाची प्रतिवाद के स्वर में बोलीं। "जब भी पत्रिका दी जाती है, तो लड़के की शादी में न्योता दिया जाता है, और लड़की की शादी में कन्यादान, इतना तो मैं भी जानता हूँ चाची!", आत्माराम ने कहा। चाची ख़ामोश हो गयीं मानो साँप ने सूँघा ही नहीं पूरी तरह डस लिया हो उन्हें। चाची का निरुत्तर होना आत्माराम को अच्छा नहीं लगा। वो चाहता था कि बातों का सिलसिला एक झरने की तरह प्रस्फुटित होकर वेग के साथ प्रवाहित हो जाये।

"आ, बैठ तो सही!", चाची बोलीं। आत्माराम के लिए एक कुर्सी आ गयी। आत्माराम बैठ गया। चाची ने न्योते का लिफ़ाफ़ा धनीराम के साढ़ू के हाथ में थमा दिया। साढ़ू लिफ़ाफ़े को उलट-पलटकर इस तरह देख रहा था, जैसे बन्दर रोटी को देखता है और सोचता है, कहाँ से ग्रास ग्रहण करे। साढ़ू के हाव-भाव बता रहे थे कि निमन्त्रण पत्र पर 'श्री आत्माराम, दिल्ली' उसी की हाथ की कलाकारी है तथा उसकी पत्नी का सुझाव है।

आत्माराम की आँखें उपस्थित भीड़ के चेहरे के भाव भाँप रही थीं और देख रही थीं किसके कबाब में कितनी बड़ी हड्डी आ गयी। देख रही थीं कि कौन पीला-नीला हो रहा है, कौन पिलपिला गया है। आत्माराम को इस

बात का भी ध्यान नहीं रहा कि किसी ने यह तक नहीं पूछा कि उषा का फायब्रॉईड ऑपरेशन हुआ था, अब क्या हाल है। बच्चों को क्यों नहीं लाया? अकेला ही क्यों चला आया? सबको अपेक्षा थी कि आत्माराम नहीं आयेगा और अगर आयेगा तो न्योते की रस्म निभाते हुए इस तरह रुपये देगा।

भात की रस्म चल रही थी। पट्टे पर धनीराम तथा सीमा खड़े थे। चुनरी उढ़ाने की रस्म जब कुणाल, जो कि सीमा का भतीजा था, ने की सीमा फूट-फूटकर रो पड़ी। उसकी बहन भी सुबकने लगी। यह सब कुछ स्वाभाविक ही था। डेढ़ साल पहले सीमा के भाई का देहावसान हो गया था। आत्माराम ने जब ये सुना तो अचानक अविलम्ब सीमा के मायके बारह सौ किलोमीटर सनोला चला गया था। सीने में दर्द था तभी तो गया।

जैसे ही चुनरी उढ़ाने की रस्म पूरी हुई, सीमा के पाँच वर्षीय भतीजे कुणाल ने आत्माराम के कुटुम्ब-परिवार को टीके के दो-दो रुपये दिये और आत्माराम के माथे पर टीका लगाने लगा तो आत्माराम ने स्वयं ही अपने माथे पर थाली में से रोली लेकर टीका लगा लिया तथा दो रुपये, जो वो देना चाहता था, नहीं लिये। उसके पीछे का आशय धनीराम, चाची तथा शीला शायद जान गये थे।

आठ साल पहले धनीराम अपनी पुत्री रूपा को दिल्ली लेकर आया था और चाची चमेली के घर रूपा को छोड़कर जब अपने चचेरे भाई के साथ रात लगभग दस बजे अचानक आत्माराम के घर आया तो आत्माराम तथा उषा को बड़ी हैरानी हुई। अप्रत्याशित, अचानक, अकारण धनीराम का आना दोनों को समझ में नहीं आया।

"इस वक़्त अचानक कैसे आना हुआ?" उषा के मुँह से अनायास शब्द एक साँस में बाहर निकल पड़े।

"यूँ ही," धनीराम बोला।

"क्या धारनौल शादी में आये हो?", जहाँ धनीराम की फुफेरी सास तथा उसका परिवार रहता था और ऐसे मौक़े पर धनीराम आता-जाता रहता था।

"नहीं तो," धनीराम बोला। उषा ने फिर प्रश्न किया।

"वैसे ही," धनीराम घटना के घड़े पर से ढक्कन हटाना ही नहीं चाहता था।

"आप कॉफी पिएँगे या शरबत?", उषा ने आतिथ्य भाव से पूछा।

"शरबत ले आओ," धनीराम बोला।

"भाभी! मैं तो चाय पिऊँगा।", चचेरे भाई ने अपनी पसन्द आगे रखी। चाय, शरबत के दौरान कोई शब्द कहीं से भी ज़ुबान पर नहीं आये मानो शब्दों का टोटा पड़ गया हो।

आधा घण्टा बैठने के बाद "अच्छा जी हम चलते हैं, कल सुबह आप दस बजे मालीवाड़े हमारे घर आ जाना। रूपा की गोद भरने के लिए गुलाबीबाग़ से कुछ लोग आयेंगे।" चचेरे भाई ने धीरे से रहस्य से पर्दा उठाया। ये सुनते ही आत्माराम धनीराम की तरफ़ देखता रह गया।

आत्माराम को लगा, जैसे किसी ने तलवार से वार कर दिया है और आत्माराम अपनी कटी गर्दन को तड़पता हुआ ढूँढ रहा है। चारों ओर से खिलखिलाहट उसके कान फाड़े जा रही है और कानों पर ढकने के लिए उसके पास हाथ भी नहीं हैं। सगी भतीजी की शादी और शादी की बात उससे इतनी गुप्त रखी जा रही है। ऐसा क्यों? आत्माराम नहीं समझ पाया। वह यह भी भूल गया कि धनीराम उससे इतनी देर तक एक शब्द भी नहीं बोला और ना ही उसको आने को धनीराम ने कहा।

"चल रहे हो ना रूपा की गोदभराई में?", उषा ने आत्माराम से दूसरे दिन कहा। "तुम ही चली जाओ, मेरा क्या काम है!"

"तुम्हारे बिन शोभा कैसी? आप रूपा के ताऊ हैं।" उषा ने तर्क किया।

''मेरे वहाँ जाने से शोभा होगी या सन्नाटा, यह मैं अच्छी तरह जानता हूँ। तुम्हें जाना हो तो जाओ,'' यह कहकर आत्माराम कोर्ट चला गया।

आत्माराम के सामने यह प्रश्न मुँह बाए खड़ा था कि–"आख़िर मैंने उनका क्या बिगाड़ा है? कौन-सा उनका माल दबा लिया है!" पर यह प्रश्न आत्माराम को अपने में एक मकड़जाल की भाँति उलझाकर रह गया।

ना तो आत्माराम, ना उषा और ना ही कोई परिवार का सदस्य गोदभराई में गया। जब बुलावा ही नहीं था, सूचित नहीं किया तो फिर क्या जाना! मन को कोसता-मसोसता आत्माराम कोर्ट चला गया। उसे बार-बार सन्देह हो रहा था कि वो धनीराम का सगा बड़ा भाई है। उसे इस बात का भी अहसास हो

रहा था कि उसकी चाची ने यह सलाह क्यों नहीं दी कि आत्माराम के घर यह रस्म हो। कम-से-कम सलाह तो वो दे ही सकती थीं कि अपने बड़े भाई आत्माराम को बुलाये। ऐसे मांगलिक कार्यों पर ही बड़ों को बुलाया जाता है, न कि भुलाया जाता है। चाची की करतूत पर आत्माराम को अनायास खीझ-सी हो रही थी।

गोदभराई की रस्म हो जाने के बाद धनीराम रूपा को शाम को आत्माराम के घर लाया। "रूपा! तुम कैसे आयीं?" ताई ने रूपा से स्वयं पूछा। "यूँ ही," रूपा बोली। उषा विस्मित हुई। कुछ तो कारण होगा तुम्हारे अचानक आने का। "नहीं, कुछ नहीं।" रूपा ने कहा। "आज इसकी गोद भर गयी है चाची के घर, जैसा कि मैंने पहले भी कहा था।" धनीराम सहसा बोल उठा, जबकि उषा तो रूपा के मुँह से सुनना चाहती थी। वह जानना चाहती थी कि बच्चों में भी अहम बातों को छिपाने के अंकुरण फूट गये हैं या नहीं। उषा को लगा जैसे उसके सिर पर किसी ने कोई भारी-भरकम हथौड़ा दे मारा है और खोपड़ी फटकर खाई में गिर गयी है। उषा यह सुनते ही सुबककर रोने लगी। "रूपा! मैं भी तुम्हारी कुछ लगती हूँ। तुमने भी यह ठीक नहीं समझा कि अपनी ताई को इस बारे में कम-से-कम अग्रिम सूचना देतीं।" उषा ने अपनी व्यथा बयान की। रूपा ख़ामोश रही। "आपकी एल.एल.बी. की पढ़ाई चल रही है ना, इसलिए हमने सोचा कि आपको बुलाकर क्यों पढ़ाई में विघ्न डाला जाये।" धनीराम ने सहजता से सफ़ाई देने का प्रयास किया।

इतने में उषा ने चाय-नाश्ते का प्रबन्ध कर दिया। रूपा ने केवल चाय पी। धनीराम ने गिलास के ठण्डे शरबत को गरम होने देने को ही ठीक समझा। थोड़ी देर के बाद दोनों चले गये।

उषा इतना भी साहस नहीं बटोर सकी कि यह तो पूछ सके कि लड़का क्या करता है? क्या नाम है? किस ख़ानदान का है? डाली से टूटा फूल अपनी सुगन्ध को क्षण-प्रतिक्षण क्षीण होते देखता रहता है और अपने रूप को बिगड़ता हुआ भी। तो फिर डाली पर सुगन्ध बिखेरता तरोताज़ा फूल हाल-चाल पूछने का साहस कैसे कर सकता है! कुछ ऐसी ही मनःस्थिति उस समय उषा की थी। दूसरे दिन धनीराम फिर अकेला आत्माराम के घर

आया। उषा ख़ामोश रही। वो हाल-चाल पूछने का साहस भी नहीं जुटा पा रही थी। वो सोच रही थी कि कहीं ठण्डे शरबत का गिलास फिर से गर्म ना हो जाये।

"भाई साहब कहाँ हैं?"

"कोर्ट गये हैं," उषा ने धनीराम की तरफ़ देखे बिना जवाब दिया।

"कब आयेंगे?"

"चार बजे तक।" उषा बोली। फिर ख़ामोशी। उषा को लगा कि जाने क्यों इन औपचारिक शब्दों और परिस्थितियों ने उसके यहाँ धावा बोला हुआ है।

कल गोदभराई की रस्म अच्छी हो गयी। "रूपा को एक अँगूठी, साड़ी, ब्लाउज़, पाँच कपड़ों से गोद भर गये हैं।" धनीराम बोला—"चाची के अलावा मेरी साली शीला तथा साढू भी आये थे।" उषा को लगा, जैसे किसी ने आरे को उसके शरीर पर रख दिया है। सारी दुनिया का दर्द ख़ून बनकर उसके शरीर से टपक रहा है। आँसू हैं कि रुकने का नाम ही नहीं लेते। पर अब उनके रुकने का लाभ भी क्या है। दर्द से छटपटाने से तो अच्छा है, शरीर के दो टुकड़े कर दे।

"लड़का दूजवर है और मोटर पार्ट्स की दुकान पर काम करता है।" उषा के न पूछने पर भी धनीराम ने शेख़ी के साथ बताना ठीक समझा। उषा को ऐसा लगा, जैसे पानी का घड़ा उसके सिर पर किसी ने दे मारा हो। "दूजवर?" उषा की ख़ामोशी टूटी।

"उसकी पहली शादी कब हुई थी?"

"यही पन्द्रह साल पहले। कोई बच्चा नहीं है।"

'पहली पत्नी कब गुज़री?"

"यही साल भर पहले" अनायास ही वार्तालाप का सिलसिला चल पड़ा।

"क्या कारण है जो रूपा की सगाई एक दूजवर, लगभग पिता की उम्र के लड़के के साथ तय करनी पड़ी। क्या रूपा लँगड़ी, लूली, अपाहिज, अनपढ़, ग़रीब है?"

ऐसी कोई बात नहीं, फिर क्यों यह कटु निर्णय धनीराम को लेना पड़ा। यहाँ तक कि उसने अपने बड़े भाई को इस बारे में साथ लेना तो छोड़ो,

सूचित करना भी उचित नहीं समझा। धनीराम रूपा से बदला लेना चाहता था या आत्माराम से या हालात से समझौता करना चाहता था, जबकि रूपा एक सुन्दर और हायर सैकेण्ड्री तक पढ़ी-लिखी लड़की थी। ग़रीबी ने अपना दामन भी धनीराम पर नहीं फैलाया था, फिर इस तरह का निर्णय लेने का कारण? धनीराम ने रूपा का जीवन दाँव पर लगा दिया था, उषा सोच-सोचकर स्तब्धता की गहरी खाई में विलुप्त हो गयी।

आत्माराम कोर्ट से आया तो उषा की सोच में व्यवधान-सा आ गया और वह बोली—"रूपा का होने वाला पति दूजवर है।" आत्माराम के चेहरे पर ज़रा भी भाव-परिवर्तन नहीं हुए। "ठीक है।" वो इतना ही बोला।

आत्माराम को एक घटना याद आयी जब रूपा ने हायर सैकेण्ड्री पास की थी, तब आत्माराम ने उसके नाना से कहा था, "रूपा को मैं दिल्ली ले जाकर आगे पढ़ाना चाहता हूँ।" आत्माराम ने यह बात इस अधिकार को ध्यान में रखकर कही थी कि वो उसका ताऊ है जबकि यह प्रश्न उसे पूछना ही नहीं चाहिए था उसका अधिकार लुप्त-सा हो गया था, क्योंकि बचपन से ही रूपा को धनीराम ने अपने ससुराल में रख छोड़ा था। वो वहीं पली-बढ़ी। तभी से आत्माराम को वह ही नहीं, उसके नाना, नानी, मामा पराया समझने की परिपाटी में बन्धित हो चुके थे। "आप कक्कू को पढ़ा देना," रूपा के नाना ने तुरन्त कहा। आत्माराम को लगा कि एक गोली सीने से पार हो गयी। अधिकार तथा कर्तव्य तिलांजित हो चुके थे। धनीराम तथा सीमा ने एक नयी परम्परा को जन्म दिया था—जो भी बच्चा हुआ, उसे माँ का दूध छोड़ते ही उसे सीमा ने अपने मायके सनोला भेज दिया। इतनी सोच शायद उनके पास है ही नहीं कि वे वहाँ अपने ननिहाल के वातावरण में ढलकर वहीं के संस्कार से सरोकार रखेंगे। वहीं की मोहमाया-ममता में ढल जायेंगे। यहाँ अपने ताऊ-ताई आदि को अति सहजता से पराया समझने लग जायेंगे।

धनीराम तथा सीमा को इस बात की कतई भनक या परवाह भी नहीं थी कि लोग क्या कहते हैं। क्या घर में अनाज नहीं जो अपने बच्चों को ननिहाल में छोड़ रखा है जबकि लहलहाती फसलों को पल्लवित करने वाली उर्वरा खेती उनके पास है। दरअसल, जैसे ही सीमा का विवाह हुआ, चार

ाह बाद सीमा की सास का देहावसान हो गया था। सास के मरते ही सीमा नेरंकुश हो गयी; आत्मबन्धन, आत्मसंयम के सारे बाँध बह गये। मनमानी का मोर उसके आचार-विचार, संस्कारों में हर समय नाचने लगा। व्यक्ति का निरंकुश हो जाना कितना ख़तरनाक, आत्मघाती हो सकता है, शायद स बात का अहसास ना तो धनीराम को था और ना ही सीमा को। शायद ीमा ने धनीराम की सोच को सुस्ता दिया है। अव्यवस्था से, बिखराव से चने के लिए, निपटने के लिए संस्कारित बन्धन अति आवश्यक है। इस ात को शायद वे लोग मानने के लिए तैयार नहीं।

आज से चौबीस-पच्चीस साल पहले सीमा की सास चल बसी थीं, तब से ो मायके वालों का सीमा के ससुराल में निरंकुश अतिक्रमण का सिलसिला चला ुआ है। सीमा के ससुर तो अपने आपको सीमा के अहसान के बोझ से बा महसूस कर रहे हैं कि कम-से-कम घर में समय पर चूल्हा जल जाता है, हीं तो सीमा की सास के बाद चूल्हा शायद ठण्डा पड़ा रहता और पता नहीं मय पर उनके बच्चों के नसीब का रोटी से जुड़ाव होता या नहीं। किसी द तक यह सोचना ठीक भी था। सीमा की उम्र तथा अनुभवों को देखते ुए घर का काम-काज बहुत ज़्यादा तथा जटिल था। सीमा के अलावा घर ं और कोई महिला भी नहीं थी जो गृहकार्य सँभाल पाती। इस अप्रत्याशित ोझ को सीमा ने बखूबी निभाया भी। जो शायद आजकल की आधुनिक ारी नहीं निभाती। और अपने पति को साथ ले बोरिया-बिस्तर समेटकर लग हो जाती। कभी धनीराम की सास तो कभी साली यहाँ के निर्णय का नेर्माण और उनकी नियति पर निगाहें लगाने लगीं। यह घर वसुधैव-कुटुम्बकम की भाँति उन निर्णयों का निर्विकार रूप में निर्वाह करने लगा।

दो-चार दिन के बाद धनीराम रूपा को लेकर वापस नन्दपुर, जहाँ आत्माराम के पिता व धनीराम रहते हैं, चला गया। उनकी रेलगाड़ी तो नको लेकर चली गयी पर उषा तथा आत्माराम को लगा कि यह रेलगाड़ी कई पुलों को तोड़ती हुई चली जायेगी। आत्माराम लाख कोशिश करने पर ी नहीं समझ पाया कि ऐसे महत्त्वपूर्ण निर्णय से धनीराम ने उसको इतना ूर क्यों रखा और उसे भनक तक नहीं लगने दी।

आत्माराम को वो समय याद आया जब उसके दादा का देहावसान उनके मूलनिवास हातोर गाँव में हो गया था। सीमा, धनीराम और आत्माराम के पिता उस अवसर पर आये थे। उषा को तब आठ माह का गर्भ था। प्रसूति तथा उसके बाद के कामों के लिए परिवार को परिपक्व अनुभवी महिला की अत्यन्त आवश्यकता होती है। आत्माराम ने सीमा को इस कार्य के योग्य समझा। दक्ष समझा। उसे आत्माराम इस कार्य के लिए आदेश भी दे सकता था। फिर भी उसने धनीराम तथा पिता की सम्मति, सहमति लेना आवश्यक समझा। "मैं चाहता हूँ कि सीमा प्रसूति का कार्य करने के लिए यहाँ दिल्ली रुक जाये। अगर आपको कोई आपत्ति न हो तो!" आत्माराम ने पूछा। "ठीक है," पिताजी ने स्वीकृति प्रदान की। "चाची हैं न।" तभी धनीराम बोला। चाची इस चर्चा के दौरान वहीं बैठी थीं। आत्माराम ख़ामोश हो गया।

चाची से अपने प्रथम पुत्र के प्रसवकाल के दौरान काम करवाकर आत्माराम का भ्रम टूट गया था। पहली बार उषा को महसूस हुआ कि सास का अस्तित्व क्या होता है। सास नहीं होने का मतलब क्या होता है। मोटी-मोटी रोटियाँ थेपकर चाची अपने घर चली जाती थीं, जानते हुए भी कि जच्चा को कैसा खाना उचित है और किस वक़्त देना चाहिए। उषा को याद आया एक बार रात दस बजे आत्माराम मूसलाधार हो रही बारिश में घर में दाखिल हुआ। "लाला! रोटी खायेगा?" "नहीं!" आत्माराम बोला। वह कपड़े बदलकर भूखे पेट सो गया, जबकि चाची भी जानती थीं कि आत्माराम बाहर का कुछ खाता-पीता नहीं है। उधर आत्माराम को भूख की वजह से नींद नहीं आ रही थी और उषा को आत्माराम के भूखे होने की चिन्ता से, जबकि चाची खर्राटों के खटोले पर झूल रही थीं।

चाची ने जो जापे का कार्य किया, चाची-भतीजे के रिश्ते को ध्यान में रखकर नहीं बल्कि लोकाचरण, लोकलाज ध्यान में रखकर किया। यह कार्य आत्मीयता के धागे से नहीं, सामाजिक तथा पारिवारिक बेड़ियों से बँधा हुआ था। इसमें करने की इच्छा की सुवास कम और इनकार न कर पाने की मजबूरी ज़्यादा थी। इस बात का असर उषा के स्वास्थ्य पर भी पड़ा। उसकी कमर में दर्द रहने लगा। 'चाची ने बड़ी मजबूरी में दिन काटे',

आत्माराम तथा उषा भोलेपन के भुलावे में भूल गये कि रिश्तों का सम्बन्ध ख़ून से इतना नहीं होता, जितना मन से होता है। दर्द से होता है।

"भाई साहब! चाची हैं ना," धनीराम फिर बोला।

"मैं चाची को तकलीफ़ नहीं देना चाहता। पहले एक बार कष्ट दे चुका हूँ।'' आत्माराम ने चाची की ओर प्रतिक्रियात्मकता के भाव में डूबते हुए कहा। धनीराम चुप रहा।

आत्माराम अपने दादाजी के पन्द्रह दिन करके उषा तथा सीमा को साथ लेकर दिल्ली आ गया। रास्ते में चाची तथा सीमा में कुछ फुसफुसाहट होती रही। उषा तथा आत्माराम से छुपकर बातें होती रहीं पर उन्होंने कोई ध्यान नहीं दिया।

एक दिन जब चाची घर आयीं, सीमा अपनी फुफेरी बहन के घर गयी हुई थी जो दिल्ली में ही रहती है। चाची बोलीं—"सीमा यहाँ जापे पर नहीं रुकेगी।" "क्यों?" उषा ने सवाल किया। "पिताजी तथा लालाजी की सहमति प्राप्त कर ली है, अगर नहीं रुकने की मंशा थी तो फिर सहमति ही प्रदान क्यों करते।" उषा सहसा बोली।

"पता नहीं पर वो नहीं रुकेगी।" चाची ने अपनी बात को दोहराया। उषा ने चाची की बात को गम्भीरता से नहीं लिया। 'जापे जैसी घटना पर भला वो क्यों नहीं रुकेगी।' उसने सोचा।

दो-चार दिन में ही सीमा ने अपना रंग दिखाना शुरू कर दिया। कभी कहती—"ऐसा लगता है, कमरे की छत गिर जायेगी।" कभी कहती—"पैरों में चटके चलते हैं।" कमरा सीलन भरा था। कमरे में सूरज की रोशनी न के बराबर आती थी। जहाँ आत्माराम तथा उषा ने चार साल गुज़ार दिये, उसे महीना-डेढ़-महीना भी गुज़ारना मुश्किल हो रहा था। "तुम नन्दपुर चलो, वहाँ जापा कर दूँगी।" सीमा बोली। "ऐसे हालात में लगभग चौदह सौ किलोमीटर यात्रा करना ठीक रहेगा क्या?" उषा ने जानना चाहा। सीमा ख़ामोश हो गयी।

"तो मैं तुम्हारी खाट छत पर बिछवा देती हूँ।" उषा ने सुझाव रखा।

"मुझे खुले में सोने की आदत नहीं।" सीमा बोली।

एक दिन उषा ने आत्माराम से कहा—"डॉक्टर कहती है बच्चा होने में महीना-सवा महीना लग सकता है। इनका मन नहीं लग पा रहा है। आप इन्हें धारनौल, इनकी बुआ के पास कम-से-कम पन्द्रह दिन के लिए छोड़ आओ। इनका मन लग जायेगा।" आत्माराभ को सुझाव ठीक लगा।

दूसरे दिन आत्माराम सीमा को लेकर रेलगाड़ी से धारनौल चल दिया। चूँकि सीमा आत्माराम से जेठ होने के नाते पर्दा करती थी, इसलिए रास्ते में, एक-दूसरे से कुछ नहीं बोले।

धारनौल में गाड़ी से उतरकर आत्माराम फल आदि ख़रीदने लग गया क्योंकि किसी के घर खाली हाथ नहीं जाना चाहिए। पर सीमा इस दौरान अपनी बुआ के घर पहुँच चुकी थी। जैसे ही आत्माराम घर में दाखिल हुआ। "क्या लाली जापे के लिए दिल्ली रुकेगी?" बुआ ने पूछा सीमा को मायके में लाली के नाम से जाना जाता है। "हाँ।" आत्माराम ने जवाब दिया। "तब तो नन्दपुर में सूपड़ा साफ़ हो जायेगा।" सीमा की बुआ एक साँस में बोल पड़ीं। आत्माराम को लगा, जैसे घर में घुसते ही बुआ ने उसके सिर पर पत्थर दे मारा है। पाँच-दस मिनट के अन्तराल में ही सीमा ने अपनी बुआ को पता नहीं क्या दास्तान सुना दी। आत्माराम अवाक् रह गया।

''बुआ को हमारे घर की बातों में दख़ल देने का अधिकार कहाँ से प्राप्त हुआ? यदि सीमा की सास होती तो बुआ ने जो कहा—वह किसी की कहने की हिम्मत हो सकती थी? हमारे घर में क्या भला है, क्या बुरा है—इस सोच को हमसे छीनकर हम पर अपने निर्णय थोपने की हिम्मत इस कुटिल महिला में कहाँ से आयी।'' ऐसे कई सवाल आत्माराम के दिमाग़ में बिजली के सैकड़ों बल्बों के समान जल उठे। बुआ की बेटी चाय-नाश्ता ले आयी। आत्माराम के मन में आया—''गरम-गरम चाय का कप बुआ के चेहरे पर दे मारूँ।'' "लो, चाय पियो और खाना बनवा देती हूँ।" बुआ बोलीं। ''इधर खाना बनवा रही हो, उधर हमारा खाना ख़राब कर रही हो,'' आत्माराम ने सोचा।

जैसे-तैसे चाय पीकर आत्माराम चलने के लिए उठा। "खाना खाकर शाम की गाड़ी से चले जाना।" बुआ बोलीं।

“नहीं काम है, जल्दी जाना है।” आत्माराम सहसा बोला।

उस जगह पर कोई ठहर सकता है भला, जहाँ किसी को कोई प्रताड़ित कर दे। अपमान की बहती नदी में कोई उसे प्रवाहित कर दे। जहाँ अपमान के काँटे कोई उसकी झोली में भर दे। आत्माराम तीर के समान बुआ के घर से बाहर आ गया। उसकी साँसें कुछ सामान्य-सी होती नज़र आयी।

बस से वह दिल्ली के लिए चल पड़ा। वह अपने आपको कोस रहा था–‘‘क्या ज़रूरत थी उसे सीमा को यहाँ छोड़ने की। आग में स्वयं ने पैर रख दिया था, अब पैरों की जलन से जले घाव का घाघपन स्वयं को देखना व सहना भी होगा।’’

“छोड़ आये?” उषा ने पूछा।

“हाँ।” आत्माराम ने लम्बी साँस लेते हुए कहा।

“चलो अच्छा हुआ। कुछ दिन अपनी बुआ के घर भी रह आयेगी। पन्द्रह दिनों के बाद यहाँ आयेगी तो मन भी लग जायेगा।” उषा ने अपनी राय ज़ाहिर की। आत्माराम चुप रहा।

उधर आत्माराम के दूसरे अनुज की पत्नी भी दिल्ली अपनी माँ के पास आ गयी थी। उसे भी आठ माह का गर्भ था। वह भी जापा यहीं अपनी माँ के यहाँ करना चाहती थी। माँ नहीं होने की कमी आत्माराम को फिर अखरी।

सात-आठ दिन के बाद सीमा का भाई श्याम आत्माराम के घर आया तब तक आत्माराम कोर्ट से आ चुका था। “जीजा जी नमस्कार!” श्याम ने कहा। “नमस्कार! कहो, कैसे आना हुआ? कहाँ से आ रहे हो? सनोला से?” आत्माराम ने पूछा। “नहीं, धारनौल से,” श्याम बोला। “और सब ठीक है।” आत्माराम ने कहा। “जीजी के कपड़े आदि लेने आया हूँ जो वो धारनौल जाते समय छोड़ गयी थीं।” श्याम बोला। “कपड़े आदि क्यों?” आत्माराम को आश्चर्य हुआ।

“दीदी की तबीयत ठीक नहीं है।”

“क्यों क्या हुआ? कोई खास बात?”

“नहीं, वैसे ही।”

“वैसे ही, मैं समझा नहीं।” आत्माराम आश्चर्य में डूब गया।

"मुझे कुछ नहीं पता, जीजी ने कपड़े मँगवाये हैं।" श्याम बोला।

आत्माराम को लगा, जैसे किसी ने उसकी पीठ में छुरा मार दिया औ ख़ून का फव्वारा फूट पड़ा है। 'वह नहीं ठहरने वाली' चाची की बात बिजल की तरह आत्माराम के मस्तिष्क में कौंध गयी।

"मेरा इस बात का पूरा विरोध है, कह देना अपनी बहन से और अपन बुआ से भी।" आत्माराम सहसा चीख़ पड़ा। श्याम कपड़े लेकर चलता बना उषा की उसके लिए बनायी हुई चाय भी शीतलता को प्राप्त हो गयी।

रविवार का दिन था। सुबह के पाँच बजे होंगे। उषा ने उठते हु कहा—"चलो, घूमने चलते हैं पार्क में।"

"आज जल्दी क्यों उठ गयीं? आज कोर्ट भी नहीं जाना है।" आत्माराम बोला।

"यूँ ही थोड़ा टहल आते हैं, कुछ हल्कापन-सा महसूस हो जायेगा..." उषा ने कहा।

"चलो!" आत्माराम बोला।

पाँच मिनट भी नहीं बीते थे कि "चलो, घर जल्दी चलो।" उषा हड़बड़ाई

"क्यों, क्या बात है?" आत्माराम ने पूछा।

"पता नहीं, पेट में कुछ हो रहा है।" उषा बोली।

"चलो, डॉक्टर के पास चलें।"

"पहले घर चलते हैं फिर चलेंगे।" उषा ने कहा।

इस आशंका से कि कहीं बच्चा होने का समय तो नहीं आ गया है व कुछ कपड़े आदि थैले में रखकर, रिक्शा में बैठकर नयी सड़क स्थित राम क्लीनिक, जहाँ पहले से ही उषा का नाम दर्ज़ था, वहाँ जा पहुँचे।

नर्स ने झटपट उषा को एक कमरे में दाखिल किया। तब सुबह के सा बजे थे और मई महीने की 9 तारीख़ थी। नर्स ने कहा—"किसी भी क्षण बच्चा हो सकता है आप तौलिया, डिटोल की शीशी, सॅनेट्री पैड ले आओ।"

आत्माराम यह सब चीज़ें लेने के लिए चला गया। सुबह का वक़्त था अभी बाज़ार भी नहीं खुले थे पर सामान तो लाना ही था। जन्म लेता जी कहाँ देखता है या सोचता है कि क्या खुला और क्या बन्द है। अमीरी म

साँस लूँगा या ग़रीबी में। ख़ैर, एक-डेढ़ घण्टे के बाद जब आत्माराम क्लीनिक पहुँचा, तब तक लेडी डॉक्टर शर्मा भी आ चुकी थीं।

"ये लो सामान जो आपने मँगवाया था।" आत्माराम नर्स से बोला।

नर्स ने कोई भी भाव चेहरे पर उभारे बिना सामान ले लिया।

"क्या हुआ?" आत्माराम ने सहज उत्सुकतावश पूछा। नर्स ख़ामोश रही। "क्या हुआ?" नर्स फिर ख़ामोश। आत्माराम ने सोचा कि शायद लड़की हुई है जो बताना नहीं चाहती। अगर यह बात है तो नर्स भी शायद इस मानसिकता की शिकार है कि पुत्री का जन्म बोझ बन जाता है और सोचती है कि आत्माराम शायद इस घटना या उसकी नज़र में दुर्घटना को सुनकर सहम जायेगा पर आत्माराम तो पुत्री-जन्म को लेकर उसी सहजता से उत्सुक है, जितना कि पुत्र को लेकर। "बताया नहीं आपने क्या हुआ।" वह फिर बोला।

"लड़का!" नर्स ने आख़िर अपनी चुप्पी तोड़ ही दी।

आत्माराम सहज था और सहज ही रहा।

"तीन बार पूछने पर भी क्यों नहीं बताया?" आत्माराम ने जानना चाहा। नर्स कुछ नहीं बोली।

आत्माराम के लिए नर्स की ख़ामोशी ने खास चिन्तन का विषय बना दिया पर उसे चिन्तन करने का समय नहीं था और ना ही चिन्तन करने के पचड़े में वो पड़ना चाहता था। उसे तो केवल एक बात की चिन्ता थी कि अब बच्चा-जच्चा की देखभाल वह कैसे करेगा? इस कार्य के लिए वो अपनी चाची की अमूल्य सेवाएँ लेना नहीं चाहता था। हालाँकि वो पास में ही दो मिनट के फासले पर गली सट्टे वाली में रहती थीं। अपनापन दिखाते हुए बड़े पुत्र के जन्म के अवसर पर उनका व्यवहार आत्माराम के मस्तिष्क में अभी तक न छूटने वाली काई की तरह जमा हुआ था। आत्माराम ने सोचा चाहे कितना ही कष्ट उठाना पड़े पर चाची को लड़का होने की सूचना नहीं दूँगा। वह घर आ गया। घर आकर उसने सूखे नारियल का खोपरा आदि कूटकर बूरा मिलाकर जच्चा के लिए ले जाना था। जो दवाएँ प्रसूति के बाद आवश्यक होती हैं, ले जानी थीं।

घर आकर आत्माराम ने सोचा—"मैं कैसे कर पाऊँगा भला ये सारे कार्य? इस कार्य को करने के लिए एक कुशल व अनुभवी आत्मीयता रखने वाली महिला की आवश्यकता होती है, जो इस वक़्त नहीं है। जिसे अधिकार समझकर रखना चाहा, वो बीच राह में छोड़कर चली गयी। जैसे नाविक नाव को बीच मझधार में छोड़कर किनारे की ओर बढ़ जाता है।"

आत्माराम को सहसा वो दिन भी याद आये जब धनीराम की दूसरी पुत्री का जन्म सीमा के मायके सनोला में हुआ था और जन्म के सात-आठ दिन ही हुए थे, आत्माराम अपनी पत्नी के साथ छह माह की पुत्री को लेकर नन्दपुर गया था, जहाँ आत्माराम के पिता का घर हैं। वहाँ जाते ही उषा ने आत्माराम से कहा—"देखो जी, सीमा को अपनी मायके से यहाँ बुलवा लो, मैं उसकी सेवा-चाकरी करूँगी। मैं जेठानी जो ठहरी। मैं घर की मर्यादा को ध्यान में रखते हुए जापे के बाद का सारा कार्य स्वयं करूँगी। मुझे इसमें गौरव प्राप्त होगा।"

"तुम कैसे कर पाओगी? छह महीने की बच्ची है, उसका भी काम बहुत है। तीन देवर तथा रूपा जो कि स्कूल में जाते हैं, उनका भी सारा काम तुम पर ही है और ऊपर से तुम्हारी बी.ए. की पढ़ाई।" आत्माराम शान्त भाव से बोला।

"ठीक है, मैं सब जानती हूँ। मैं ये सब सहजता से कर लूँगी पर घर की मर्यादा का ध्यान सर्वोपरि है तथा सीमा को ये ख़याल नहीं आना चाहिए कि उसकी सास नहीं है और विवशतावश उसे अपने मायके में जापा करवाना पड़ा।"

उषा ने एक साँस में सारी बात कह डाली। आत्माराम की सोचने की क्षमता से उषा का वाक्प्रवाह ज़्यादा तीव्र व गतिशील था। आत्माराम ने 'ठीक है' कहकर अपने प्रश्नों को समेट लिया।

दूसरे दिन धनीराम सीमा को उसके मायके सनोला से उसकी नवजात कन्या के साथ नन्दपुर ले आया। एक कमरे में चारपाई बिछा दी गयी। उस पर सीमा का सोने का इन्तज़ाम कर दिया गया। उषा सुबह-सुबह कोयले की आँच चारपाई के नीचे रख देती ताकि कमर का सिकाव होता रहे।

सुबह-सुबह देशी घी का गरम-गरम हलवा उषा सीमा को बनाकर देती। गोंद के लड्डू भी उसने सीमा के लिए बना दिये। शाम को रोज़ उषा एक गोंद का लड्डू सीमा को अपने हाथों से खिलाती। ये सब करते हुए उषा को परम शान्ति मिलती। एक अवर्णनीय सुख प्राप्त होता। जेठानी का कर्तव्य व सास का ममत्व मिले-जुले सुख की अनुभूति से वो बाग़-बाग़ हो जाती। उषा ये सब करते समय कोई उपकार नहीं कर रही थी, केवल मन में कर्तव्यबोध था। कर्तव्य में उपकार करने का अंश भूलकर भी नहीं आ सकता। जब घर की मर्यादा का उसमें सम्मिश्रण हो तो फिर उपकार नाम के अंश का दंश स्वयं कट जाता है।

इस एक महीने में कर्तव्यपरायणता की प्रतिक्रिया सीमा के चेहरे पर एक क्षण के लिए भी नहीं आयी। एक महीने तक पत्थर को सींचने तथा पूजने पर उसमें भी चेतना जाग्रत हो जाती है और वो पत्थर देवत्व को प्राप्त हो जाता है पर सीमा के लिए इस भाव का कोई अर्थ नहीं था। ना तो उसने शब्दों से और न ही कभी भाव से ये बताने का प्रयास किया। आत्माराम इस बात को भाँप गया पर उषा के हृदय पर इस घटना का ज़रा भी असर नहीं था। जो सेवा में लीन होता है या होती है, उसे ये सब समझने या देखने की ना तो फ़ुर्सत होती है और न ही ज़रूरत। तभी तो सेवाभाव सर्वश्रेष्ठ गुण माना गया। सेवा किसी चीज़ की, बदले की, वापसी की तथा प्रतिदान की भावना नहीं होती पर सेवा करने वाला ना सही देखने वाला तो जानता है कि बदले में इसे क्या मिला और नज़रिये का पलड़ा सेवार्थी की ओर अनायास ही झुक जाने को मजबूर हो जाता है।

क्योंकि उषा को आत्माराम ने नन्दुपर में जान-बूझकर छोड़ा था। किसी ने आग्रह नहीं किया था और ना ही किसी ने आदेश दिया था, फिर भी छोड़ा था क्योंकि आत्माराम के पिता व्यापारिक भागीदारी से अपनी भागीदार से अलग़ हुए थे और दुबारा जीविकोपार्जन के लिए शुरुआत करनी थी। फिर आत्माराम के तीन छोटे भाइयों तथा सीमा के दो बच्चों को पढ़ने के लिए किसी के सहारे की ज़रूरत थी। उनका खाना कौन बनाता, कपड़े आदि कौन धोता सीमा को ओटरली गाँव में, जहाँ आत्माराम के पिता की

छोटी-सी दुकान थी, रहना था। आत्माराम की इच्छा का उषा ने एक पल के लिए भी विरोध नहीं किया और एक क्षण में ही वहाँ कुछ समय रहने को तैयार हो गयी। जबकि वह जानती थी कि आत्माराम अपना खाना आदि स्वयं बनायेगा तथा सारा काम, यहाँ तक कि कपड़े, बर्तन, चौका आदि भी उसे स्वयं को करना पड़ेगा।

"आपको परेशानी होगी।" उषा ने कहा।

"मैं अभ्यस्त हूँ। बचपन से मैं ये सारा कार्य करता आ रहा हूँ।" आत्माराम बोला।

"तुम्हारा इस वक़्त यहाँ रुकना बहुत ज़रूरी है। जब मैं दिसम्बर में दिल्ली से यहाँ आऊँगा, तब तक तुम्हें यहाँ रहना है। इनको तुम्हारा सहारा रहेगा। वापिस त्माराम ने अपना पक्ष प्रस्तुत किया। उषा ने अपनी स्वीकृति शान्त भाव से दे दी।" आत्माराम जानता था कि उसके बग़ैर वो एक दिन भी नहीं रह सकती पर कर्तव्यबोध के बोझ से अपने आपको लदा हुआ आत्माराम इसे अपना भाग्य मानता था। "ठीक है, मैं कल दिल्ली के लिए चल दूँगा।"

उषा ख़ामोश रही। दो आँसू टहलते-टहलते बीच गालों पर ठिठक गये। आँसुओं के बहकर निकल जाने से मन का भार हल्का हो जाता है। सामने वाला भावना के बोझ में दब जाता है। भावना का बोझ भी किसी भाग्यवान को ही प्राप्त होता है। आत्माराम इस मामले में दुनिया का धनी व्यक्ति है। व्यक्तित्व का विकास भी तभी सम्भव है, जब भावना का उससे जुड़ाव हो जाये। भावना के हटते ही व्यक्ति पौधे के जैसा मुरझा जाता है और जब तक भावना मन को सींचती रहती है, व्यक्तित्व उभरता रहता है। जैसे मुरझाई डाली का सावन के महीने में अनायास ही हरा-भरा हो जाना।

"माना मुझ पर तुम्हारा पूरा अधिकार है पर इन परिस्थितियों को भी तुम्हें अपनाना होगा उषा!" आत्माराम बोला। "ये मेरे अनुज खासतौर पर तुम्हारी झोली में रखे हुए फूल हैं, इन्हें मुरझाने मत देना।" आत्माराम रुँधे गले से अपने शब्दों को प्रस्फुटित करने का प्रयास कर रहा था।

"ये बात नहीं है। सीमा जब से ब्याह कर यहाँ आयी है, सारे घर का कार्यभार उसने सँभाला है। इस तुलना में मैंने तो कुछ भी नहीं किया। इन

सबकी सेवा करना मेरा परम कर्तव्य तथा सौभाग्य है, जो मुझे प्राप्त हो रहा है। पर...”

“पर क्या? पर बीच में कहाँ से आ गया?”

“पर मैं आपके बिना इतने अन्तराल तक सात-आठ महीने अलग रह सकूँगी क्या? मैं आपके बग़ैर कभी इतनी दूर इतने दिनों तक आज तक नहीं रही।” उषा कुछ रुआँसी-सी होती हुई बोली।

“सात-आठ महीने यूँ ही निकल जायेंगे। फिर सीता भी तो वनवास में पूरे चौदह वर्ष रही थी।” आत्माराम ने समझाने के प्रयास में तर्क दिया।

“पर उनके साथ राम थे,” उषा ने अविलम्ब आत्माराम के तर्कपूर्ण वक्तव्य पर अपना तर्क कसा। आत्माराम के तर्क के तर्कश के सारे तीर तर्कहीन हो गये। आत्माराम ने, जो दो आँसू उषा के गालों पर ठहरे हुए थे, उनको अपने हाथों से पोंछ दिया।

आत्माराम दिल्ली चला गया। सीमा भी पूर्ण स्वास्थ्य-लाभ कर चुकी थी, वो भी गाँव चली गयी। उषा ने अपने आपको पूर्णरूपेण अनुजों की तथा रूपा की सेवा-चाकरी में लगा दिया और इस तरह दिन कटते रहे।

दिसम्बर महीने में आत्माराम बड़े दिनों की छुट्टियों के दौरान नन्दपुर उषा को लेने के लिए गया। उसे वहाँ रहना तो था आठ-दस दिन, रहा पर वहाँ पूरे एक महीने तक। एक तो आत्माराम वक़ालत के पेशे में अभी जमा नहीं था कभी-कभार कोई केस होता था दूसरे जब भी वह नन्दपुर से दिल्ली आने की बात दोहराता उसके तीनों अनुज फूट फूट कर रोने लग जाते। फिर जाना तो था ही। एक दिन जब जाने का दिन तय कर लिया तो सीमा की दादी आयीं और उषा से बोली—“अरी तू दिल्ली वापस जायेगी?”

“ये ले जायेंगे तो जाऊँगी।” उषा ने कहा।

“फिर उन सबका काम कौन करेगा? लाली ने तो कभी किया नहीं है।” सीमा की दादी फटाक से बोली। जबकि शादी से पहले उषा ने एक चम्मच तक नहीं उठाई थी क्योंकि उषा के पिता जी ने कभी नहीं चाहा था कि कुँवारी लड़की कभी चौके का काम करे। वे कुँवारी लड़की के हाथ का बना भोजन ग्रहण करना ठीक नहीं समझते थे।

सीमा के पास काम करने वाली दो-तीन नौकरानियाँ हमेशा रहा करती थीं। केवल खाना बनाने का कार्य सीमा करती। बाकी सारा काम नौकर-चाकर किया करते थे, जबकि उषा सारा कार्य स्वयं करती। ऊपर से बी.ए. की पढ़ाई भी थी। उषा ने सोचा कि वो एक अवकाश प्राप्त अध्यापक की बेटी है न और सीमा एक स्थानीय नेता की बेटी, इसलिए सीमा की दादी ने अपनी तर्क को मज़बूती देते हुए ऐसा सवाल किया। उषा ने आत्माराम से ये बातें कहीं तो वो तिलमिलाकर रह गया।

दो-तीन दिन बाद आत्माराम उषा तथा अपनी बच्ची, जो अब तक एक साल की हो चुकी थी, को लेकर दिल्ली आ गया।

इसी अन्तराल में एक घटना नित्यप्रति घटती रहती थी। सीमा ने ओटरली से नन्दपुर एक नौकरानी बुलवा ली थी। वो नौकरानी का पार्ट कम और सास का पार्ट ज़्यादा करने में कुशल थी। ये महिला सीमा की सास के ज़माने में भी कभी-कभार घर के कपड़े आदि धो दिया करती या कभी गेहूँ आदि साफ़ कर दिया करती थी। सीमा की सास कभी-कभार बची हुई दाल, खिचड़ी आदि मज़दूरी के अलावा उसे दे दिया करती थीं। घर में उसके घुसने की सीमा की सास द्वारा मनाही थी। सास के मरने पर उक्त महिला ने अपनी नौकरानी होने की छवि को समेटना शुरू कर दिया और सास होने का रूप धारण करना शुरू कर दिया क्योंकि वो जान गयी थी कि सीमा उस पर पूरी तरह निर्भर है। कभी-कभी क्या होता कि सीमा के ससुर की जेब में रखे रुपये या उसके पति के रुपये जो वे रखकर भूल जाते तो उक्त नौकरानी उन्हें चुराकर अपने पास रख लेती। एक दिन उषा ने उसको रुपये चुराते देख लिया और सीमा से बोली—"देखो, उसने पिता जी की कमीज़ की जेब से कुछ रेज़गारी और पाँच-दस नोट निकाल लिये हैं।"

"चुप रहो बोलो मत, नहीं तो कल से वो काम पर आना छोड़ देगी।" सीमा की प्रतिक्रिया थी। शायद उस महिला ने सीमा की कोई दुखती नस दबा रखी थी।

एक दिन जब आत्माराम घर आया तो क्या देखता है कि उक्त महिला पलंग पर पैर लटकाए बैठी है तथा उषा व सीमा नीचे ज़मीन पर बोरी पर

बैठी हैं। यह देखते ही आत्माराम का गुस्सा पैरों से सिर पर जा बैठा। "तुम्हें कुछ दिख रहा है? यह कहाँ बैठी है और आप दोनों कहाँ बैठी हो, कुछ ख़याल है?" आत्माराम बोला।

"इन्होंने नहीं टोका तो तुम भी नहीं बोली," आत्माराम ने उषा को सम्बोधित करते हुए कहा। "मैं क्या बोलती, ये मुझसे उम्र में बड़ी तथा अनुभवी हैं। पहले ये घर में आयी थीं, ये यहाँ के रीति-रिवाज से अधिक परिचित होंगी। यही सोचकर मैं ख़ामोश रही।" उषा ने अपनी सफ़ाई दी।

"आज ये पलंग पर बैठी है, कल आप दोनों के सिर पर बैठेगी।" नौकर से व्यवहार, बर्ताव कैसा होना चाहिए, ये सिखाने के लिए क्या कोई स्कूल खोलना पड़ेगा।" आत्माराम तिलमिलाता हुआ बोला। उक्त महिला एकदम घर से बाहर चली गयी। सीमा पर्दे में ही कुछ बुदबुदाती, बड़बड़ाती हुई चूल्हे की ओर चली गयी। जब कोई नौकर को ही अपना स्वामी समझ बैठता है और दोनों जब अपने-अपने बर्ताव और व्यवहार के दायरे से बाहर हो जाते हैं तो वास्तविकता में नौकर मालिक बने-न-बने पर मालिक निश्चित ही नौकर के पायदान से भी नीचे उतर जाता है। नौकर के प्रति आत्मीयता ज़रूर हो पर आत्मसमर्पण नहीं। पर सीमा को आत्माराम ये सब कैसे समझाता?

उक्त महिला हर रोज़ सीमा की लड़की को नहलाती और उसके पोतड़े आदि धोती तथा सीमा के कपड़े भी धोती और सारे दिन बैठकर गप्प लगाती। जबकि उषा आत्माराम के अनुजों तथा रूपा जोकि आठ साल की थी तथा छह साल के कक्कू के कपड़े आदि धोती, सबका खाना, कच्चे कोयले की अँगीठी पर बनाती जबकि कच्चे कोयले का आलम यह था कि एक रोटी बनाने के बाद अँगीठी बुझने को हो जाती। परेशानियों को झेलते हुए वो ये सारा काम सहज करती, साथ में अपनी नन्हीं बच्ची का उतना ही काम करती। साथ में बी.ए. की पढ़ाई भी इन परिस्थितियों से दिन भर जूझते हुए करती। मजाल है कि सीमा ने एक बार भी झूठ-मूठ उक्त महिला से कहा हो कि तुम ये सब काम क्यों नहीं करती? क्या मेरा या मेरी जेठानी का घर अलग-अलग है? शायद रिश्तों के रडार की सुई जाम हो चुकी थी या दिशा-निर्देश की आवश्यकता नहीं थी। पर मानवीय आधार पर सीमा

ऐसा तो कह ही सकती थी। जबकि उसकी अपनी दो सन्तानों में उषा के परेशानी पैदा करने वाले लम्हें पल रहे थे। कभी-कभी सीमा उक्त महिला को दो-चार रुपये दे देती और कहती—"जाओ मैटेनी शो देख आओ" और वो महिला बन-सँवरकर मैटेनी शो देखने के लिए चल देती।

चूँकि गाँव ओटरली में सीमा के ससुर की छोटी-सी परचून की दुकान थी और धनीराम भी उनकी मदद किया करते थे। लाज़िमी है कि घर का सारा सामान—तेल, चीनी आदि भी दुकान से आता था। एक दिन सीमा ने मूँगफली का तेल दुकान से मँगवाया। सीमा का देवर तेल लेकर दुकान से घर आया और सीमा के सामने ज़मीन पर तेल का डिब्बा रख दिया। तेल का डिब्बा सीमा के हाथ से लुढ़क गया और सारा तेल ज़मीन पर बह गया, क्योंकि ज़मीन कच्ची थी, गोबर से लिपी हुई थी तो सारा तेल ज़मीन में समा गया। सीमा ने फिर तेल लाने को कहा—जैसे ही उसका देवर दुकान पर पहुँचा—"भाई साहब! भाभी ने तेल मँगाया है।" वह बोला। धनीराम फौरन घर आया और बोला—"अभी तो दो किलो भिजवाया था।" "मैं पी गयी।" सीमा मोटी-मोटी आँखें निकालकर झल्लाती हुई बोली। धनीराम विरोध में एक शब्द भी नहीं बोल पाया और उलटे पैर दुकान की ओर वापस चल दिया, जैसे कुछ हुआ ही नहीं। सीमा का भारी-भरकम व्यक्तित्व तथा व्यवहार और वार्तालाप धनीराम पर कितना भारी पड़ रहा था, उषा ने पहली बार देखा। उसे सीमा के व्यवहार से आश्चर्य हो रहा था। तेल बिखरने का दुख सीमा को लेशमात्र भी नहीं था और न ही पश्चात्ताप, तो खेद तो दूर की बात थी।

उषा की सास ने कभी भी उक्त महिला नौकरानी या बाहर के किसी भी व्यक्ति को दिवाली के रोज़ एक दाना भी कभी नहीं दिया। दिवाली के दिन किसी बाहरी व्यक्ति को कुछ देना सीमा की सास अशुभ मानती थी। पर उषा यह देखकर दंग रह गयी कि दिवाली के दिन बनाये गये पकवान का पहले परोसे के रूप में उक्त महिला नौकरानी के घर उसकी आँखों के सामने सीमा ने भिजवाया। स्वामी की चापलूसी तो नौकर को अक्सर करते देखा है पर नौकर की चापलूसी की अद्‌भुत घटना उषा पहली बार देख रही थी।

आत्माराम को उषा को नन्दपुर छोड़ने का सबसे बड़ा लाभ यह हुआ कि सीमा के स्वभाव के दर्शन भली-भाँति हो रहे थे तथा उसके द्वारा पाली गयी परिस्थितियों से भी परिचय हो रहा था।

एक दिन सीमा उषा से बोली—"चलो, आज सनोला चलते हैं।" सनोला सीमा का मायका है जो ओटरली से लगभग चार-पाँच किलोमीटर दूर है। "हाँ तुम अपना सोने का हार तथा कड़े भी पहनकर चलना।" सीमा बोली—"माँ बहुत ख़ुश होंगी तुम्हें गहने पहने देखकर।" क्योंकि उषा सीमा को देवरानी ही नहीं अपनी बड़ी बहन भी समझती थी। अतः उसने सीमा के सुझाव को आज्ञा मानकर हार तथा कड़े पहन लिये जबकि उषा ने पहनने से पहले कहा भी था कि "माँ के सामने इन चीज़ों की क्या आवश्यकता है?" "पर तुम ज़रूर पहनकर चलो, शादी के बाद तुमने बनवाये हैं।" सीमा बोली। शादी में तो सीमा के ही पुराने गहने चढ़े थे, यहाँ तक कि साड़ी भी वही चढ़ी थी जो सीमा की शादी में तकरीबन छः वर्ष पहले चढ़ी थी। पुराने गहने, पुराने कपड़े किसी लड़की की शादी में चढ़ते हों, ऐसी घटना पहले न तो कभी देखी थी और ना ही सुनी थी। इस काम को मूर्तरूप भी सीमा ने अपनी माँ तथा भावज की सलाह पर ही दिया था। सीमा की चूड़ियाँ तो उषा की कलाइयों की जगह पाँव में ही आ सकती थीं।

जैसे ही सीमा तथा उषा, सीमा की माँ के सामने पहुँची। "तुमने अपने गहने तो बनवा लिये लाली के तो नहीं बने।" माँ का वाक्यबाण छूट गया। उषा ख़ामोशी से बोली—"मुझे तो पता नहीं, मैं आपसे क्या कह सकती हूँ?" सीमा अपनी कुटिल हँसी को रोक नहीं पायी। "जाने दो माँ!" वह बोली। "कहने की बात तो है", माँ ने कहा। उषा को लगा, जैसे एक बकरे को सजा-धजाकर वध-स्थल की ओर लाया गया है और फिर एक बार में उसका काम-तमाम कर दिया गया है। यही व्यवहार उसके साथ भी हो रहा है। बकरा कुछ नहीं कह पाता और न ही कुछ कर पाता है, वैसे ही वह भी असहाय है। "यही सब कुछ करने को मुझे सजाया गया है", उषा ने मन ही मन स्वयं से तथा परिस्थिति से पूछा। परिस्थिति क्या हाल सुनाती, वह तो ख़ामोश थी। गहने जो बनाये गये थे; सोना, उषा की सास ने थोड़े-थोड़े पैसे बचाकर समय-समय पर ख़रीदा था।

दूसरे दिन सीमा तथा उषा वापस अपने गाँव ससुराल में आ गयीं। सीमा ने सोचा पड़ोस की दो बुजुर्ग महिलाएँ, जिनके साथ सीमा के आत्मीय सम्बन्ध थे, उनसे उषा को मिलवाया जाये। "वह बोली भीमाबाई तथा यशोदाबाई से आपको मिलवाती हूँ, दोनों बहुत अच्छी महिलाएँ हैं तथा अपनी सास भी उनकी सहेली थीं। अगर हार तथा कड़े के बारे में पूछें तो कहना, रूपा के जन्मदिन पर सीमा की माँ ने दिये हैं।" उषा सुनकर दंग रह गयी क्या कोई बेवजह पाँच-सात तोले सोने की चीज़ें एक साथ दे सकता है जबकि सीमा के पिता की आर्थिक स्थिति भी इतनी अच्छी नहीं थी। अपने ससुराल की चीज़ों को, जो उसकी सास की धरोहर है, सीमा अपने मायके की क्यों बतलाना चाह रही है? क्या मायके के झूठे बखान से ससुराल की मान मर्यादा नीची नहीं होती, क्या शादी के बाद ससुराल की मान-मर्यादा को बनाये रखना या बढ़ाना उस घर की लक्ष्मी का कर्तव्य नहीं है? उषा ने सोचा। ससुराल की मान-मर्यादा ही सर्वोपरि है, बाकी सब गौण है। यहाँ तक कि विवाह के बाद मायका भी गौण है।

"कहाँ से आया ये हार और कड़े?" भीमाबाई ने हार को हाथ लगाते हुए उत्सुकतावश प्रश्न किया। उषा के कुछ बोलने से पहले ही सीमा एकदम बोल पड़ी—"मेरी माँ ने रूपा के जन्मदिन पर दिये हैं।" "अच्छा," भीमाबाई आश्चर्यचकित हो बोली—"बड़े भले हैं तुम्हारे माँ-बाप!" यशोदाबाई ने भलाई का सर्टिफिकेट दे दिया। सीमा फूलकर कुप्पा हो गयी। उषा को लगा, जैसे उसकी सास की आत्मा एकाएक छटपटा गयी है।

उषा को धीरे-धीरे समझ में आता जा रहा था कि सीमा तथा उसके मायके का न टूटने वाला शिकंजा इस घर पर कसा जाने के बावजूद और कसता जा रहा है और इस कसावट का अहसास ना तो सीमा के पति को और न ही उसके ससुर को था तो औरों को तो होने का प्रश्न ही पैदा नहीं होता। जो महिला अपने मायके की बड़ाई के लिए अपने ससुराल को निम्न बनाती है या मानती है या उसकी प्रतिष्ठा पर अपने मायके की अहम की रोटी सेंकती है, वो एक दिन स्वयं उस चूल्हे में जलकर राख हो जाती है। पर सीमा को जलन का कोई ख़याल नहीं था वह तो अपने कार्यकलापों को कुन्दन का रूप देने में व्यस्त थी और सफलता के साथ उसे अंजाम दे रही थी।

इसी दौरान एक और घटना उषा के मस्तिष्क पर न मिटने वाली छाप छोड़ गयी। ओटरली में बारिश के दिनों में बस नहीं आया करती थी। बस ओटरली से डेढ़ किमी. दूर चिकलौद नामक गाँव तक नन्दपुर से आया करती थी। पैदल ही डेढ़ मील का रास्ता जोकि कीचड़, चिकनी मिट्टी से भरा होता था, चलना होता था। उन्हीं दिनों उषा को दाद हो गया था। डॉक्टर नन्दपुर में होता था, सो वह दवा लेने के लिए चिकलौट तक अपनी छह माह की लड़की को गोद में लेकर सुबह पैदल जाती और दोपहर को दवा लेकर फिर चिकलौट तक बस में और बाद में डेढ़ किमी. कीचड़ में चलती हुई अपनी बच्ची को गोद में लेकर दोपहर एक-दो बजे तक ओटरली आती। उषा ने सीमा से कहा कि आप इस बच्ची को सँभाल लो ताकि मैं दवा लेकर आ जाऊँ। "ना बाबा ना! अगर ये रोयेगी तो मैं इसे कैसे चुप कराऊँगी। इसे अपने साथ ले जाओ," यह सुनकर उषा ख़ामोश रह गयी। जब उषा दोपहर को एक-दो बजे के करीब थकी-हारी बच्ची को गोद में लिये घर में दाखिल होती तो सीमा पानी पीने के लिये भी नहीं पूछती। यहाँ तक कि उषा को खाना भी स्वयं आकर बनाना पड़ता। उषा विस्मय, ग्लानि तथा खीझ के ख़ामोश सागर में डूबकर रह जाती। सीमा का बर्ताव उषा की समझ से परे होता चला गया। "ऐसा बर्ताव मेरे साथ सीमा क्यों कर रही है? क्या बिगाड़ा है मैंने इनका? इनकी बातों को मैंने कभी गिरने नहीं दिया। हमेशा अपनी बड़ी बहन समझा। फिर ऐसा क्यों?" उषा लाख कोशिश करने पर भी इस गुत्थी को नहीं सुलझा पा रही थी। "आगन्तुक को पानी तो हर कोई पूछता है, हो सकता है उनके मायके में ऐसा चलन न हो।" विचारों के बहाव में उषा ने अपने आपको बहने से रोका। "आप खाना खा लो," उषा ने सीमा से कहा—"मैं खा चुकी हूँ, तुम्हारा पता नहीं था कि तुम कब तक आओगी।" सीमा बोली। उषा हालात का कड़वा हलवा निगलकर रह गयी।

एक दिन सीमा के मामा के यहाँ लड़का हुआ, मामा सीमा के मायके में ही रहता था। छठी पूजन पर सीमा को बुलाया गया। सीमा अपने साथ उषा को भी ले जाना चाहती थी। "चलो, मामा के लड़के के छठी पूजन में!" सीमा बोली। हमेशा की भाँति उषा ना नहीं कह

सकी। पिताजी ने जाने के लिए बैलगाड़ी जुतवा दी। "शाम के चार बजे तक आ जाना!" पिताजी ने कहा। जब चार बजने को आये तो उषा ने पिताजी की हिदायत सीमा को याद दिलायी। सीमा कई औरतों के बीच एकदम भड़क गयी। "क्या वहाँ कचहरी लग रही है जो चार बजे ही हाज़िर होना है।" कई औरतों के साथ सीमा की माँ भी ठहाका मारकर रह गयीं। उषा को हैरानी ने ग्रस लिया कि पिताजी की बात का इतना निरादर इतनी बड़ी महफ़िल में हुआ। उषा मन मारकर रह गयी। "फिर मेरा तो चलने का इन्तज़ाम कर दीजिए।" उषा बोली। तुम जाओ गाड़ी जुतवाकर। तुम्हें कौन रोक रहा है?" सीमा बोली। उषा शाम चार-सवा चार बजे वापस ओटरली आ गयी। सीमा अपने मायके में ही ठहर गयी और तीन दिन बाद लौटकर आयी। पिताजी कुछ नहीं बोले।

जब सीमा की शादी की बात धनीराम से पक्की हो गयी तो रिश्ते में जो धनीराम की बुआ लगती थी, उसने सीमा की सास से कहा चूँकि मायका बहुत नज़दीक है, तो सीमा कभी भी आ-जा सकेगी। तब सीमा की सास ने कहा था—"ना बाई जी! ऐसा नहीं होगा। मैं साल में दो बार इसको अपने मायका भेजूँगी। एक बार वो महिना-सवा महिना वहाँ रह सकेगी। बहू का बार-बार मायके आना-जाना ठीक नहीं होता है।" पर अब तो सीमा अपनी मर्ज़ी से आती-जाती थी यहाँ तक कि ससुर की अनुमति की बात तो छोड़िए। उन्हें जाने की सूचना तक देना वह ठीक नहीं समझती थी। बस थैला उठाया और चल देती। थैले में क्या ले जाती थी, ये तो वो ही जाने। पर घर में जो कुछ भी आता था, कहती—"मेरी माँ ने दिया है। मेरे भाई ने दिया है।" ऐसा महसूस कराती, जैसे सारा घर उनके खर्चे पर ही चल रहा है। घरवाले भी यही सोचकर अहसान तले दबे-दबे से रहते जबकि घर का कतरा-कतरा, टूट-टूटकर खण्ड-विखण्ड होता जा रहा था पर किसी की बोलने की हिम्मत नहीं हो रही थी। बोलना तो तब ना, जब किसी को विखण्डन नज़र आ रहा हो। घर पर एक तरह से सीमा का निरंकुश शासन चल रहा था। ससुर सीमा की हरकतों से विमुख थे। नतीजा यह निकला कि बाहरी तत्त्वों ने घर में दख़ल देना आरम्भ कर दिया।

रूपा की सगाई हो चुकी थी। आत्माराम के घाव अभी भरे नहीं थे, न ही भरने वाले थे फिर आत्माराम ने पूछा, "विवाह कब तक करने का इरादा है?" "देखो कब तक!" धनीराम बोला। धनीराम रूपा को लेकर ओटरली चला गया। आत्माराम ने पत्र लिखा कि रुपये आदि की व्यवस्था नहीं हो पायी हो तो लिखना। मैं यथासम्भव प्रबन्ध कर दूँगा, साथ में विवाह स्थल आदि का इन्तज़ाम भी कर लेंगे। "बड़े भाई के नाते आत्माराम ने पूछ लिया था पर जवाब आया कि चाची से कहकर धर्मशाला का प्रबन्ध हो गया है। रुपये पैसे की बात का कोई ज़िक्र नहीं किया और ना ही विवाह की तारीख़ की सूचना दी।"

जुलाई महीने की शायद बारह तारीख़ थी, आत्माराम कोर्ट से घर आया तो देखा धनीराम, सीमा, रूपा तथा दो-तीन लोग आये हुए हैं और नहाने-धोने का कार्य चल रहा है। आत्माराम जान गया कि वे लोग शादी के सिलसिले में आये हैं, नहाने-धोने के बाद वे कपड़े सूखने का इन्तज़ार भी नहीं कर पा रहे थे, "इतनी जल्दी क्या है, कहाँ जाना है?" आत्माराम ने पूछा। "कहीं नहीं, यूँ ही!" धनीराम बोला। चाची के घर जा रहे हैं।

चाची का घर आत्माराम के घर से दो-ढाई किमीं दूर था। आत्माराम अवाक् रह गया। "कोई खास बात है," आत्माराम ने जानना चाहा। "नहीं, यूँ ही।" धनीराम ने कहा। "मम्मी चलो न!" रूपा बोली। आत्माराम की समझ में जल्दी चलने का कारण समझ से बाहर हो रहा था। "इतनी जल्दी क्या है? अभी तो आये हो, मैं तो समझा विवाह यहीं से करेंगे। अभी तारीख़ भी तो निश्चित नहीं हुई है ना। आत्माराम ने कहा—"निश्चित हो गयी है, बाईस जुलाई की," धनीराम बोला। "फिर शाम को खाना खाकर चले जाना," आत्माराम ने विनय के साथ कहा। "नहीं, जल्दी जाना है। श्याम की पत्नी बाहर मन्दिर के चबूतरे पर बैठी है।" धनीराम बोला। श्याम धनीराम का साला है। "मन्दिर के चबूतरे पर क्यों?" आत्माराम विस्मित होकर बोला। "वो अन्दर क्यों नहीं आयी?" आत्माराम ने जानना चाहा। "अभी भात नहीं भरा है ना और जब तक भात नहीं भरा जाता, श्याम तथा उसके परिवार के सदस्य कैसे आ सकते हैं?" सीमा ने उषा के सम्मुख होकर कहा।

रीति-रिवाज से उषा अवगत थी। नहाने-धोने के बाद सब लोग चाची के घर चले गये। दूसरे दिन जब उषा, चाची के घर पहुँची तो सोचा कि विवाह है किसी प्रकार की आवश्यकता पड़े तो पूछ लेना चाहिए फिर कल कुछ बातें भी तो नहीं हो पायी थीं। वह जाकर देखती है तो दंग रह गयी। श्याम की पत्नी चाची के घर खाना खा रही है। सोचने लगी—"क्या शाम को भात की रस्म तो नहीं हो गयी अगर नहीं हुई थी तो ये चाची के घर कैसे है? क्या चाची का घर और हमारा घर अलग-अलग है? जो बात हमारे घर पर लागू होती है, वही बात चाची के घर पर भी लागू होती है। हमारे घर पर श्याम तथा उसकी पत्नी आना ही नहीं चाहते थे या शायद सीमा इन्हें यहाँ लाना ही नहीं चाहती थी।" उषा को कारण समझ में नहीं आ रहा था कि ऐसा क्यों हो रहा है। जब उषा ने इस बात की चर्चा आत्माराम से की तो वह तुरन्त समझ गया और बोला—"तुम्हारी प्रसूति के समय मैंने श्याम से कहा था कि वह कह दे अपनी बहन से कि उसका ऐसे मौक़े पर सीमा के पास न ठहरने का मेरा पूरा विरोध है। इस विरोध का ही यह फल है कि अपने परिवार के किसी भी सदस्य को श्याम हमारे घर पर नहीं आने देना चाहता और इस बात की पूर्ण सहमति सीमा तथा उसकी छोटी बहन शीला की भी है। धनीराम को शायद इस बात का अहसास नहीं कि पिताजी के होते इस घर तथा उस घर में क्या फ़र्क़ है?"

उषा इस दौरान प्रायः रोजाना मालीवाड़ा जाया करती थी। एक दिन सीमा को अपने साथ ले आयी और रात को अपने पास ठहरा लिया। रात को बोली—"पैसे का क्या इन्तज़ाम है। जितने पैसों की आवश्यकता है, बता देना। फ़िक्र मत करना।" "सब व्यवस्था हो गयी है।" सीमा बोली। 'कैसे?' उषा ने पूछा। "शीला लेकर आ रही है दस हज़ार रुपये। उधार लिये हैं उससे।" सीमा ने कहा। "फिर भी और चाहिये तो बता देना।" उषा बोली। "नहीं काम हो जायेगा ज़रूरत नहीं है।" सीमा ने कहा। उषा मना करने का आशय फिर भी नहीं समझी।

दूसरे दिन सीमा चाची के घर चली गयी। विवाह का क्या प्रबन्ध है? टीका कब और कहाँ जाना है? टीका में क्या ले जाना है, किसी भी प्रकार

की उनको जानकारी नहीं। सीमा और धनीराम, उषा तथा आत्माराम को जान-बूझकर बताना नहीं चाहते थे। जैसे ही उषा तथा आत्माराम चाची के पास पहुँचते तो मानो सबको साँप सूँघ जाता। खिलखिलाते सारे चेहरे एकदम उदास हो जाते। जैसे पेड़ पर पत्थर मारने से सारे पंछी एकदम उड़ जाते हैं। कुल मिलाकर ऐसा ही वातावरण वहाँ का होता और आत्माराम को लगता, जैसे उसकी आत्मा का हरण हो रहा है। फिर भी चूँकि सगी भतीजी की शादी है, आत्माराम तथा धनीराम ने एक ही माँ की कोख से जन्म लिया है, आत्माराम हर काम में बराबर मन से सम्मिलित होना चाहता था। पर वे लोग ऐसा बर्ताव कर रहे थे जो कि अपेक्षित नहीं था। जितनी देर आत्माराम तथा उषा वहाँ होते, उतनी देर तक वातावरण मानो मातम के माहौल में परिवर्तित होने के लिए बाध्य रहता।

"चलो, लग्न-पत्रिका छपवाने के लिए चलते हैं। अपना कार्यक्रम बताओ। दिन थोड़े रह गये हैं और पत्रिका बाहर भी भेजनी है।" आत्माराम बोला।

"लग्न-पत्रिका का काम हो रहा है, अपने ताऊजी से कह देना।" सीमा ने रूपा से धीरे से कहा पर आत्माराम ने यह सुन लिया था। आत्माराम विवाह से सम्बन्धित कार्यों में मन से जुड़ना चाहता था पर वे सब उसे अलग-थलग रखना चाह रहे थे। 'क्यों?' क्यों का जवाब आत्माराम को ढूँढे नहीं मिल रहा था।

गुरुत्वाकर्षण की खोज न्यूटन को बैठे-बैठे अचानक हो गयी पर आत्माराम को ये समझ में नहीं आ रहा था कि ऐसा क्या हो गया कि जो सारे-के-सारे उसे कबाब में हड्डी समझ रहे थे। वे कब से ऐसा समझ रहे थे, आत्माराम यह भी नहीं समझ पाया। 'क्यों?' यह गहराता हुआ प्रश्न था उसके सामने।

"चलो भाई साहब! पत्रिका तो छपवा लेते हैं। एक-दो दिन तो छपने में ही लग जायेंगे।" धनीराम पूरी तरह से बोल भी नहीं पाया था कि "श्याम दोपहर को आ रहा है ना, वो बैठा-बैठा क्या करेगा? उसको साथ ले जाना पत्रिका छपवाने के लिए।" सीमा ने धनीराम को लगभग धमकाते स्वर में कहा। आत्माराम घर से बाहर आ गया।

विवाह के छह दिन रह गये थे। अभी तक शीला नहीं आयी थी। सभी शीला का इन्तज़ार इस प्रकार कर रहे थे, जैसे लक्ष्मण को शक्तिबाण

लगने पर भगवान राम तथा अन्य सभी हनुमान जी के संजीवनी बूटी लेकर आने की कर रहे थे या जैसे किसान उमड़-घुमड़ते मेघों की करता है। मानो शीला नहीं आयी तो विवाह का सितारा निस्तेज हो जायेगा। सबके चेहरे पर चिन्ता चित्रित हो रही थी। हँसी-खुशी, उल्लास की जगह चिन्ता-विषाद का वातावरण गहराता जा रहा था। इतने में एक रिक्शा आकर खड़ी हुई। सब राह तो निहार ही रहे थे। "मौसी आयी" कक्कू चिल्लाता हुआ गया तथा शीला का सामान रिक्शा से उतारने लगा। शीला तथा उसके पति रिक्शा से उतर रहे थे।

सबके चेहरे पर चमक तथा लाली छा गयी। चारों ओर मानो कोयल कुहूकने लगी। अम्बुआ की सूखी डाल पर मानो बहार आ गयी।

"बहुत देर कर दी तूने शीला! मेरा तथा तेरे जीजा का तो चिन्ता के मारे बहुत बुरा हाल हो रहा था। एक दिन और लेट हो जाती तो पता नहीं क्या हो जाता।" सीमा ने शिक़ायत भरे स्वर में कहा।

"चिन्ता की क्या बात है, मैं आ तो रही थी।" शीला बोली।

"सीमा को शायद इस बात का अहसास ही नहीं था कि और ना ही समझने की ज़रूरत थी कि जिससे कर्ज़ा लिया जाता है चाहे वो कोड़ी ही सही, कर्ज़ा देने वाला कुछ होने का अहसास ज़रूर कराना चाहता है। ब्याज लेकर साहूकार कर्ज़दार पर कोई अहसान नहीं करता। हाँ शीला अपना कुछ होने का एहसास बख़ूबी तौर पर करा रही थी। ऐसे समय पर इससे बढ़िया और मौक़ा क्या हो सकता है।

शीला तथा उसके पति के लिए चाय-नाश्ते की प्लेट ले जाने की होड़-सी लग गयी। "पहले नाश्ता दे आऊँ। सुबह के चले होंगे।" बेचारी चाची ने आत्मीयता जतायी। "गर्मी के दिन हैं ना तो भूखे पेट नहीं रहना चाहिए।" रिश्ते की बुआ ने अपने मन के भाव प्रदर्शित किये।

"कुछ रुपल्ली ख़र्च करने में इतना मान-सम्मान मिलता है तो पैसे वापस न भी आयें तो ये खेल खेलना अच्छा है। सौदा घाटे का कतई नहीं है।" शीला मन-ही-मन सोच रही थी।

ये साहूकारी भी अपने आप में अनोखी थी। साहूकार तो एक बार कर्ज़दार के हाथ में पैसे थमा देता है, उसके बाद उसका रोल समाप्त हो जाता है।

चाहे जिस तरीक़े से कर्ज़दार रुपये ख़र्च करे, वह स्वतन्त्र होता है। पर इस साहूकार की साहूकारी में सहकार्य कम पर हर वक़्त अपने होने का अहसास जताने का भाव ज़्यादा है। शीला पैसे हमेशा अपनी अण्टी में रखती थी।

"शीला कहाँ गयी?" चाची ने जानना चाहा।

"क्यों?" सीमा ने पूछा।

"बाज़ार से बूरा मँगवाना था पाँच रुपये का," चाची ने अपनी ज़रूरत बताई।

"शीला ज़रा पाँच रुपये देना चाची को, बूरा के लिए चाहिए।" सीमा ने पुकारकर कहा।

शीला सीढ़ियों से उतरती हुई बटुवे से पाँच का नोट निकालती हुई नीचे आयी और चाची के हाथ में थमा दिया।

आत्माराम सोचता रह गया कि क्या भिखारी की स्थिति इससे भी दयनीय हो सकती है? मैं और उषा आग्रह कर-करके थक गये पर हमसे रुपये लेना नहीं चाहते। हम रुपये देने के बाद उसके ख़र्च करने के तरीक़े पर भी अंकुश लगाना नहीं चाहते थे। पर हमसे नहीं लेना चाह रहे हैं और पाँच-पाँच रुपये के लिए साली के सामने हाथ फैलाते हुए उन्हें ज़रा भी संकोच नहीं हो रहा है। पाँच रुपये भी साली सबके सामने ऐसे थमाती, जैसे हर किसी को गवाह के रूप में रखना चाहती हो। आत्माराम को अपनी माँ की याद आयी। एक व्यक्ति अपमानित भी किस ख़ूबसूरती के साथ कर रहा है और दूसरा किस बेवक़ूफ़ी से हो रहा है। आज माँ होती तो क्या यह सब सह लेती?

जब लग्न-पत्रिका छपकर आयी तो धनीराम ने पाँच-सात कार्ड आत्माराम को थमा दिये, "भाई साहब! आप ये कार्ड अपने ससुराल वालों तथा अपने मित्र आदि को मेरी ओर से दे देना।" धनीराम ने कहा। आत्माराम कार्ड देखता रह गया। लग्न-पत्रिका पढ़ने पर ही आत्माराम को पता चला कि शादी का कार्यक्रम क्या है। इससे पहले वो कार्यक्रम से अनभिज्ञ था।

सगाई वाले दिन धनीराम टीका लेकर और दो-तीन व्यक्तियों को साथ लेकर रूपा के होने वाले ससुर के घर गया। जब टीका किया जाना था तो

धनीराम ने यह कार्य आत्माराम के हाथों से करवाना चाहा। आत्माराम ने इनकार नहीं किया। टीका करते वक़्त धनीराम ने टीका भेंट आदि आत्माराम के हाथों से दिलवाना चाही। तब रूपा के होने वाले ससुर ने पूछा—"वक़ील साहब! भेंट में क्या-क्या है?" आत्माराम अपने हाथ आगे बढ़ाते हुए धनीराम की ओर देखता रह गया। उसे बताया ही नहीं गया था कि भेंट में क्या दिया जा रहा है। जब उसे पता ही नहीं था तो वह क्या बताता। "ग्यारह सौ रुपये तथा एक अँगूठी पाँच कपड़ों के साथ है।" आत्माराम का चचेरा भाई बीच में बोल पड़ा। आत्माराम को लगा, जैसे कोई तीर हृदय को चीरता हुआ कहीं निकल गया हो।

टीके की रस्म पूरी होने पर जब चलने को हुए तो गोद भरने के सामान के साथ कुछ कपड़े रूपा के होने वाले ससुर ने बच्चों के लिए भी दिये। उनमें आत्माराम की लड़की तथा दोनों बच्चों के कपड़े भी थे और उन्होंने कहा—"वक़ील साहब! ये कपड़े हमारी ओर से अपने बच्चों को ज़रूर-ज़रूर देना और उनको पहनाना।"

"आपकी आज्ञा का ज़रूर पालन करूँगा श्रीमान्!" आत्माराम ने कपड़ों को अपने हाथ में लेकर सिर से लगाते हुए कहा। आत्माराम को महसूस हुआ कि पहली बार किसी ने आदर तथा प्रेम दिया है।

चाची के घर आकर वे कपड़े उसने अपनी लड़की तथा दोनों लड़कों के हाथ में रख दिये तथा इस बारे में उषा से बोला कि रूपा के होने वाले ससुर ने इनके लिए ये कपड़े दिये हैं। शीला भी वहीं खड़ी हुई थी जो तमतमाती हुई आयी और कपड़े हाथों से लगभग खींचती हुई बोली—"ये कपड़े तो कोठियों में अच्छे लगते हैं।" चाची ने इस घटना की ओर अनजान होने का अहसास कराना चाहा तथा सीमा साड़ी का पल्लू मुँह में दबाये कुटिल हँसी हँस रही थी और अपनी बहन की करतूत पर गौरवान्वित हो रही थी। आत्माराम तथा उषा ख़ून का घूँट पीकर रह गये। जिन कपड़ों को वो कोठियों के योग्य समझ रही थी, उनका तो आत्माराम पौंछे के रूप में प्रयोग करना भी ठीक नहीं समझता पर उसने इस बात को अपनी ज़ुबान पर लाना ठीक नहीं समझा। नहीं तो जिस तरह की शादी, जिस माहौल में,

जहाँ हो रही थी, उसमें विघ्न पड़ जाता। आत्माराम नहीं चाहता था कि विघ्न का कारण वो या उसकी हरक़त बन जाये। तिनके के घरौंदे को बिखेरने के लिए किसी बड़े तूफान की ज़रूरत नहीं होती, एक हल्का-सा झोंका ही काफ़ी होता है उसे तहस-नहस करने के लिए। आत्माराम इस वक़्त हवा का झोंका बनना ठीक नहीं समझता था। किसी के खेमे, खूँटे, खम्भे वो नहीं उखाड़ना चाहता था। वो तो वो मिट्टी है जिसमें हर कोई अपनी जड़ों का जमाव आसानी से कर सकता है।

शादी होने के दो-तीन दिन बाद धनीराम चाची के साथ आत्माराम के घर आया। सहसा सोफ़े पर बैठता हुआ बोला—"भाई साहब! यह कन्यादान के रुपये जो आपके साढू तथा साले ने दिये हैं, मैं लौटाने आया हूँ। आप उनको ये रुपये वापस दे देना।"

आत्माराम ने चकित होकर पूछा—"क्यों, ये क्यों तुम्हारे मन में आया।" "पता नहीं मैं इस योग्य रहूँ या नहीं कि कभी इन्हें चुका पाऊँ!" धनीराम ने कहा। "तुम्हारा कौन-सा मौक़ा पड़ेगा इन्हें चुकाने का, अरे हम लड़के वाले हैं।" आत्माराम बोला। धनीराम ने आत्माराम की ओर पैसे सोफ़े पर रख दिये, आत्माराम तमतमा गया। "ठीक है, ठहरो।" आत्माराम बोला और रसोई में चला गया और स्टील की पराती लाकर धनीराम की ओर बढ़ा दी जो उसके साले ने भात में दी थी। "पहले कार्ड भिजवाते हो, जब कार्ड दोगे तो कोई रिश्तेदार कन्यादान न दे ऐसा तो नहीं हो सकता। अगर ये बात थी तो उनको शादी का कार्ड क्यों भिजवाया था। तुम्हारी इस हरकत के पीछे किसकी कुटिल चाल है, मैं जानता हूँ। दिमाग़ किसी ओर का है और हरकत तुम्हारी। कोई तुम्हें उपयोग कर रहा है। तुम एक टूल हो, टूल।" आत्माराम एक साँस में बोलता चला गया। "इसके पीछे जो भी दिमाग़ कार्य कर रहा है, मेरे ख़याल से वो नीचता की सारी हदें पार गया है। तुम इतने विवेकहीन हो जाओगे, मैं सोच भी नहीं सकता था। लाओ वे रुपये..." आत्माराम ने हाथ बढ़ाया और साथ में परात उसकी ओर सरका दी। आत्माराम दंग था, इस बात को लेकर कि इस घर में इतनी तेज़ी से आग लगायी जा रही है जिसके आगे दावानल भी पानी भरता है।

धनीराम ने रुपये वापस अपनी जेब में रख लिये, साथ आयी चाची चील की नज़र से सारी हरकत देख रही थीं। धनीराम तथा चाची कुछ क्षण के लिए बाहर चले गये। मौन में कितनी मारक क्षमता होती है, ये चाची की हरकतों से आत्माराम जान गया था। धनीराम ने पैसे तो वापस ले लिये पर इज़्ज़त का मटका जो फूटना था, वो तो फूट चुका था। शब्द तथा हरकत की मार हालात पर गहरी चोट करते हैं। यह मार उसे जीने नहीं देती जिसने अपने को विवेक से अलग नहीं किया होता है। विवेकशून्य तो पत्थर होता है। पत्थर प्रताड़ित भी होता हो तो भी क्या फ़र्क़ पड़ता है। सीमा तथा शीला धनीराम को एक पत्थर के अलावा कुछ समझती नहीं थी जिसे वे जहाँ लुढ़काना चाहती, वहीं लुढ़क जाता। लुढ़कते-लुढ़कते वह पूरी तरह से गोल हो चुका था पर आत्माराम पर गहरी चोट कर रहा था। जैसे एक नुकीला पत्थर करता है। पत्थर में भावना नहीं होती, विवेक नहीं होता व्यवहार नहीं होता, पर वो ऐसा पत्थर है जिसकी भावना, विवेक, व्यवहार, आस्था केवल सीमा तथा शीला में समाये हुए थे।

आत्माराम नहीं चाहता था कि उसका सारा परिवार चाची के घर जाकर खाना खाये। एक तो परिवार के साथ जाने-आने में रिक्शा के काफ़ी पैसे लग जाते हैं, फिर समय भी काफ़ी बर्बाद होता था। “हमें खाना वहीं खाना चाहिए, नहीं तो लोग क्या कहेंगे कि सगी भतीजी की शादी है और खाना घर पर खाते हैं।” उषा बोली।

आत्माराम को उषा के तर्क में तुरप का इक्का नज़र आया क्योंकि उषा का ज़्यादा वक़्त वहीं कटता था और आत्माराम कोर्ट का कार्य निपटाकर वहाँ खाना खाने जाता था। एक दिन जैसे ही आत्माराम खाना खाने के लिए पहुँचा।

“इनको खाना परोस दो...” उषा ने सीमा से कहा।

“परोस दे री विमल...” मैं ही बड़ी आयी परोसने वाली... सीमा ने चमेली चाची की पुत्रवधू को कहा। उषा को लगा, जैसे वो भीखमंगों की कतार में खड़े हुए हैं। आत्माराम का खाना ख़राब हो चुका था। खाने में तिरस्कार का तीव्रपन, अपमान का अपनापन नज़र आया। आत्माराम तथा उषा थाली की ओर बग़ैर देखे ही अपने घर आ गये।

इससे पहले की एक घटना आत्माराम के घट में उतर गयी थी। आत्माराम का अनुज नरेन्द्र उनके साथ ही रहता था जो अपने भतीजे यानी आत्माराम के बड़े लड़के शशांक को लेकर विवाह-समारोह में सुबह-सुबह गया और बिना कुछ खिलाए-पिलाए बारह-साढ़े बारह बजे उसे वापस ले आया। गर्मी के दिन थे। खाली पेट रहने से शशांक को उल्टी-दस्त लग गये। दूसरे दिन उषा ने सीमा से कहा कि बिन खाये-पिये उसे उल्टी-दस्त लग गये तो सीमा भड़कते हुए बोली—"मुझे क्या पता इसको ऐसी बीमारी है।" उषा उसे क्या समझाती कि उसे बीमारी नहीं कहते, यह सीमा के मन की भड़ास है, प्रतिशोध है, तिरस्कार है, कुण्ठा है।

बीमारी तो सीमा की हरकत में है, शीला के व्यवहार में है, चमेली चाची के आचार में और वैवाहिक वातावरण में है।

आत्माराम तिल-तिल जल रहा है। उसका दिल पता नहीं पत्थर में क्यों परिवर्तित नहीं हो रहा है? हो भी नहीं सकता वो क्योंकि उसके सीने में जो छोटा-सा सुराख़ है, ज़िन्दगी इसी कारण ख़राब है। अगर ये दिल ना होता तो आत्माराम कितना बेफ़िक्र होता।

रूपा की शादी से आठ साल पहले जब आत्माराम अपने परिवार के साथ ओटरली गया था तो अपने पिता को यहाँ दिल्ली ले आया था। आँखों में मोतियाबिन्द था तो आत्माराम ने आग्रह करके अपने पिता को दिल्ली में मोतियाबिन्द का ऑपरेशन कराने के लिए राज़ी कर लिया। "पिताजी की सेवा करने का मौक़ा भी मुझे मिल जायेगा, मैं अपने आपको धन्य समझूँगी।" उषा ने कहा। दिल्ली में ऑपरेशन अच्छा हो गया। उषा जी-जान से उनकी सेवा करती। उस दौरान एक बात उषा के दिमाग़ में आयी और आत्माराम से बोली—"क्यों न कोई ऐसी राह निकले जिससे पिताजी ओटरली में कृषि भूमि ख़रीद लें।" बातों-बातों में पिताजी ने कहा कि "शम्भू भाई ज़मीन बेचना चाहते हैं जो कि बारह बीघा है। ज़मीन उपजाऊ है पर साठ हज़ार रुपये कीमत माँगता है। रुपये का इन्तज़ाम हो जाये तो ज़मीन लेने में कोई हर्ज़ नहीं है। हमारे पास तो केवल पन्द्रह-बीस हज़ार रुपये का प्रबन्ध है।" पिताजी बोले।

"अपने पास पच्चीस तोले सोने के गहने भी तो हैं पिताजी! उसे बेच देते हैं। ज़मीन ख़रीदने के बाद गहने तो फिर भी बन जायेंगे।" आत्माराम बोला। "मेरे पास जो गहने आपने उषा के लिए बनवाये थे जो तकरीबन दस तोले हैं, वे वैसे-के-वैसे हैं। बाकी डेढ़ तोले जो मेरी ससुराल से अँगूठी आदि मिली थी, वह है। आप उनको बेच दो, हमें कोई ऐतराज़ नहीं है।" उषा ने कोई ना-नुकर नहीं की और तत्काल आत्माराम के सुझाव को मानते हुए हाँ भर दी। परिवार की प्रतिष्ठा के पासंग में गहनों का मूल्य उषा को तुच्छ लगा वरना गहनों का मोह महिला से कौन छुड़ा सकता है भला।

आत्माराम खेत ख़रीदने की योजना को मूर्त रूप देने के प्रयास में लग गया। खेत की ख़रीद की योजना को अब वो खटाई में नहीं पड़ने देना चाहता था। आत्माराम खेत हाथ से नहीं निकलने देना चाहता था। अपने गहने तथा पिताजी को साथ लेकर आत्माराम नन्दपुर पहुँचा। आत्माराम ने धनीराम को खेत ख़रीदने की योजना बतायी। धनीराम को बात जँची। सीमा से धनीराम ने गहने माँगे। सबको मिलाकर बेचना था ताकि खेत के लिए तुरन्त पैसों का प्रबन्ध हो सके। सीमा ने कुछ डरते हुए, सहमते हुए गहने सामने रखे तो आत्माराम दंग रह गया। वे केवल पाँच तोले ही थे। "बाकी का क्या हुआ? वो हार, वो चूड़ियाँ, माँ के कानों के ऐरन जो कि पन्द्रह तोले बैठता है, कहाँ गये?" आत्माराम ने जानना चाहा। "यही तो थे।" सीमा धीरे से धनीराम के सम्मुख होकर बोली—धनीराम चुप रहा।

"वो हार कहाँ है जो सीमा की माँ ने रूपा के जन्मदिन पर दिया गया बताया था।" आत्माराम ने सीमा की ओर देखकर कहा। सीमा को लगा, जैसे उसको किसी ने नश्तर चुभो दिया है। उसे काटो तो ख़ून नहीं। आत्माराम को समझने में देर नहीं लगी कि बाकी दस तोले कहाँ पहुँच गये हैं। आत्माराम ख़ून का घूँट पीकर रह गया। "क्या खेती हाथ से छूट जायेगी? क्या उसकी ख़रीद की सारी योजना, संकल्प धरे रह के धरे रह जायेंगे। ऐसा नहीं होने दिया जायेगा, घर की मान-मर्यादा का सवाल है। बात भी गाँव में फैल चुकी थी कि आत्माराम के पिता ज़मीन ख़रीद रहे हैं।"

लोग कहते, क्यों नहीं ख़रीदे जब उनका एक लड़का दिल्ली में वक़ील है अच्छा कमा रहा होगा। दिल्ली का वक़ालत का पेशा भी दाँव पर लग गया।

सारे गहने बेच-बाचकर तथा कुल जमा-पूँजी मिलाकर लगभग पचास हज़ार रुपये बैठे, फिर भी दस हज़ार रुपये कम पड़ रहे थे।

आत्माराम ने दिल्ली आकर अपने एक मुवक्किल, जो बाद में अन्तरंग मित्र बन गया, उससे इस बारे में बात की। उसने आत्माराम को छह हज़ार रुपये का इन्तज़ाम करके दिया, एक तरह से वो कर्ज़ा था। वक़ील मुवक्किल से आर्थिक सहायता ले रहा था। घटना अनोखी और अजीब थी। आत्माराम प्रतिष्ठा की पीड़ा की मुक्ति के लिए क्या न करता। दो हज़ार रुपये का और इन्तज़ाम पूरा करके आत्माराम ने आठ हज़ार डिमाण्ड ड्राफ्ट से ओटरली भेज दिये पर आत्माराम मुवक्किल के एहसान से दब गया। अब तो वह उससे फ़ीस माँगने का साहस भी खो चुका था। एहसान में डूबे हुए की गर्दन अपने-आप झुक जाती है। उसके प्रति शब्द घुटकर मर जाते हैं। धीरे-धीरे रुपये चुकाने की बात तय हुई। पर आत्माराम के पास इतने रुपये भी इकट्ठे नहीं हो पा रहे थे कि इसे चुकाकर वो अपनी फ़ीस माँग सके। आत्माराम ने धनीराम को ज़मीन ख़रीदने के दो साल बाद, ये सोचकर कि अब तो कुछ पैसा फसल का आ गया होगा, खत लिखा कि कुछ पैसे तुम भेज दो और कुछ मैं कर लूँगा ताकि मुवक्किल के पैसे लौटाये जा सकें। मगर धनीराम ने कोई जवाब नहीं दिया। दो-तीन पत्र और डाले पर एक का भी जवाब नहीं आया। तीन-चार साल बीतने के बाद जब आत्माराम ओटरली अपने पिता से मिलने गया तो बोला—"तुमने मेरे एक भी पत्र का जवाब क्यों नहीं दिया?"

"आपने पैसों की माँग जो कर दी," धनीराम बोल पड़ा। "मैंने तो अपनी समस्या बताई थी, आदेश तो नहीं दिया था तुम्हें। क्या भाई-भाई को अपनी समस्या नहीं बता सकता।" आत्माराम बोला—धनीराम उठकर चल पड़ा।

आत्माराम ने आगे बोलना ठीक नहीं समझा कि खेत में क्या फसल पैदा हुई है, ज़मीन उर्वरक है या नहीं, फसल का पैसा कहाँ गया? इतने सवाल करने पर धनीराम शायद अपने-आपको अविश्वास का जनक समझता, पर आत्माराम अब सब कुछ समझ गया जब सीमा घूँघट निकाले दरवाज़े पर आ खड़ी हुई।

आत्माराम ने जब अपने पिता से कहा कि वो मुवक्किल पैसे माँग रहा है, तो बोले—"तूने क्या मदद की है? आठ हज़ार रुपये देकर अहसान

जताता है।” आत्माराम याद दिलाना नहीं चाहता था कि दस तोले सोना, जो धरोहर के रूप में उसने सँभाल कर रखा था, उसमें कुछ और सोने की बढ़ोतरी करके वो धरोहर आपको लौटा दी थी—क्या ये सहयोग नहीं है। क्या पारिवारिक सम्पत्ति में हर एक का बराबर का सहयोग अपेक्षित नहीं है। परस्पर सहयोग की छाँव में पारिवारिक सम्बन्ध पनपते और सँवरते हैं। “मैं कोई प्रतिफल की आशा तो नहीं कर रहा था। केवल अपनी समस्या, जिससे मैं जूझ रहा था, आपको बता रहा था। अगर आपको बुरा लग रहा है तो अब मैं भविष्य में इसकी कभी भी चर्चा नहीं करूँगा।”

ज़मीन ख़रीदने के तीन साल बाद धनीराम का पत्र आया—“भाई साहब! बुआ जी की लड़की का विवाह है, उसका भात देना है। आप भात का सामान ख़रीद लेना।” आत्माराम को पैसों की कमी के पिस्सू काटने लगे। फिर अपने कुल की मर्यादा का प्रश्न आत्माराम के सामने सरसराने लगा। एक ही बुआ है और उसकी एक ही लड़की है तो भात तो जाना ही है। आत्माराम ने भात के सामान का प्रबन्ध जैसे-तैसे कर दिया।

दो साल बाद बुआ के लड़के के विवाह का समाचार आत्माराम को धनीराम के पत्र द्वारा मिला। भात के सामान की लिस्ट पत्र में दी गयी थी। बुआ भी अपने परिवार के साथ नन्दपुर में ही रहती थीं। आत्माराम पत्र को हमेशा जेब में रखता और जो भी पैसा फ़ीस के रूप में आता, आत्माराम भात का सामान ख़रीदने चल पड़ता। जेब में पत्र इसलिए रखता था, ताकि भात का कोई सामान छूट ना जाये। आत्माराम अपने परिवार के साथ बुआ जी के पुत्र के विवाह में सहभागी होने के लिए चल पड़ा।

विवाह में जब भात का सामान दिखाया गया तो सीमा और चाची चमेली से बुआ की ननद ने पूछा—“यह सब कौन कर रहा है?”

“हमें नहीं पता कौन कर रहा है? हमें इतना पता है कि हम नहीं कर रहे हैं, बस।” सीमा तुनककर हाथों को झटककर बोली। उषा को सीमा की बात तथा व्यवहार पर आश्चर्य तथा दुख हुआ। सीमा के पास उत्तर था। वो कह देती है कि पिता जी कर रहे हैं और कौन कर रहा है, इससे आपको क्या लेना-देना? सीमा का अहम उस पर पूरी तरह हावी हो चुका था।

उषा ने सीमा की उपरोक्त उक्ति का ज़िक्र आत्माराम से किया। आत्माराम तिलमिलाकर रह गया, बोला—"कह देतीं कि क्या पत्र ताऊ जी ने तुम्हारी असहमति से लिखवाया था, जो तुम्हें ही नहीं पता कौन करवा रहा है?"

"मैं होता तो कहता कि तुम्हारे पिता करवा रहे हैं।" आत्माराम लाल-पीला होकर रह गया। फिर भी उसने सारी औरतों के बीच ऐसा क्यों कहा। उषा की जिज्ञासा बनी ही रही।

"शायद तुमसे भूल हुई है। तुम्हें वो भात का सारा सामान आते ही सीमा को सौंप देना चाहिए था। ऐसा न करके तुमने उसके अहम को ठेस पहुँचा दी। अगर तुम ये सारा सामान उसे सौंप देती तो शायद ये शब्द और भाव सीमा के बाहर न निकलते। फिर वास्तविकता में ये सारा सामान उसके पिता द्वारा भेजा गया है, उसे बताने में गौरव महसूस होता। उसके गौरव का गोबर होकर जो रह गया है।" आत्माराम ने उषा को समझाया।

विवाह के दौरान उषा सीमा के मायके चली गयी। सीमा के पिता का देहान्त एक-डेढ़ महीने पहले ही हुआ था। उषा को पता था कि पिता का साया उठने पर कितना दुख होता है। फिर समाज की नज़रों में दुख व्यक्त करना ज़रूरी भी है।

आत्माराम ने कहा—"क्या करोगी वहाँ जाकर? अब तो अरसा गुज़र गया है।"

"पर मैं तो पहली बार इनके पिता के देहावसान के बाद यहाँ आ रही हूँ।" वो बोली। उषा को इस बात का ख़याल भी आया कि जब उसके पिता का देहावसान हुआ था, तब सीमा तथा धनीराम ने सान्त्वना का एक शब्द भी नहीं निकाला था। उसके मायके जाकर सान्त्वना देना तो बहुत दूर की बात थी।

सीमा ने वही किया जो उसे पसन्द था, लोक-लाज की कभी परवाह नहीं की, कृतघ्नता की जीती-जागती पुतली है वो। उसके मस्तिष्क में एक बात घर कर गयी कि उसे कोई ग़लत कह ही नहीं सकता। उसका जो भी निर्णय होगा, उसे घर के सारे लोग समझेंगे। पालन करेंगे। राजा का फरमान समझकर स्वीकार करेंगे। हर तरह के ख़ौफ़ को सीमा ने झटक दिया था, जैसे कोई हाथ पर चढ़ते हुए बिच्छू को झटक देता है।

विवाह सम्पन्न होने के बाद आत्माराम तथा उसका परिवार वापस दिल्ली आ गया, पर सीमा तथा धनीराम के दिल में आत्माराम के प्रति जो दरार पड़ गयी थी, वह नहीं पटने वाली थी।

जब रूपा का विवाह हो गया और सीमा चाची के साथ विवाह के चार लड्डू देने आत्माराम के यहाँ आयी थी तो उषा उनके लिए चाय बना रही थी। आत्माराम अन्दर वाले कमरे में बैठा था। चाची खाट पर बैठ गयीं—"ये लो विवाह के लड्डू।" सीमा ने चार लड्डू का लिफ़ाफ़ा थमाते हुए उषा से कहा। उषा ने लिफ़ाफ़ा रख लिया। मन ही मन सोच रही थी कि क्या हमारी चार लड्डू की औक़ात है। हर एक के हिस्से में एक-एक लड्डू भी नहीं आता है। यह इसकी तरफ़ से सम्मान है या अपमान करने का एक और आसान तरीक़ा। जबकि सबको पाँच-पाँच किलो परोसा दिया गया और चार-पाँच दिन तक सब खाते रहे सो अलग। क्या इसकी इतनी हिम्मत हो सकती है कि अपने जेठ का इतना अपमान करे? बिना किसी की शह एवं स्वीकृति के ऐसा सम्भव नहीं हो सकता। शीला ये बड़ी बख़ूबी कर रही थी और चाची इस पर मौन स्वीकृति लगाने में माहिर थीं। 'क्या जेठ के परिवार के लिए केवल चार लड्डू?' उषा मन-ही-मन तिलमिला गयी। उसे लगा कि पूरी शक्ति के साथ परिवार में फूट डालने का कार्य बड़े पैमाने पर चल रहा है। अपमान करने का सिलसिला कई वर्षों से अविरल चल रहा है। अपनी शंका को कसौटी पर कसने के लिए वह बोली—"आपको फ़ूफा के लड़के के विवाह में यह नहीं कहना चाहिए था कि हमें नहीं पता कौन कर रहा है। हमें यही पता है कि हम नहीं कर रहे बस।"

"क्यों?" सीमा ने सवाल किया।

"इस बात से ऐसा प्रतीत होता है मानो हममें आपस में फूट है।" उषा बोली।

"वो तो है ही।" सीमा एक साँस में बोल पड़ी। चाची के चेहरे पर मुस्कान दौड़ गयी और उषा के चेहरे पर विषाद छा गया। आत्माराम लम्बी साँस लेकर रह गया।

"लो, चाय पियो।" चाची तथा सीमा की ओर चाय के कप बढ़ाती हुई उषा बोली। चाची ने चाय पी ली पर सीमा की चाय होंठों से लगने से पहले ठण्डी हो चुकी थी।

"चलो चाची जी!" सीमा बोली। चाची सीमा के पीछे-पीछे चल पड़ीं। आत्माराम दोनों के व्यवहार से हैरान होकर रह गया।

जो आत्माराम के साथ घट रहा था, वो किसी से कह भी नहीं सकता था। एक तो यह चुगली कहलाती और दूसरे लोगों को फूट नज़र आती और जिनको आग बुझाने को कहता, वो लोग भी हाथ में जलती मशाल लिये खड़े थे। पिता जी से इन सारी बातों को कहने का कोई लाभ नहीं था। वो पूरे निर्लेप थे। सीमा तथा उसके मायके वालों के अहसानों से अपने-आपको दबा-दबा महसूस कर रहे थे। और अगर आत्माराम कह भी देता तो पिताजी का ही जी जलकर रह जाता। फिर वे धनीराम के पास रह रहे थे। आत्माराम को डर था कि अगर पिता उसके पक्ष में कुछ बोल देते तो सीमा का व्यवहार उनके प्रति विपरीत हो जाता। अतः आत्माराम ने इन सारी बातों का कड़वा घूँट स्वयं ही पी जाना ठीक समझा।

आत्माराम तथा धनीराम के छोटे भाई ने रूपा के विवाह में कुछ रुपये देने का वायदा कर लिया होगा, मगर बाद में शायद पत्नी की सलाह पर वो मुकर गया। धनीराम ने इस बात को अपनी साली तथा चाची से कहा। साथ में सीमा की बुआ के दामाद से भी बखान किया, जो विवाह के स्थल के पास ही किराए के छोटे से मकान में अपने परिवार के साथ रहता था। "ये तो सरासर आपको अपमानित कर दिया है उसने।" बुआ का दामाद बोला। "इस बात का बदले के रूप में अहसास कराओ।" शीला ने कहा।

"कैसे?" धनीराम बोला।

"उसके ससुराल में, जो यहाँ से पाँच किलोमीटर है, उससे जाकर कहो कि हमारे पास पैसों की कोई कमी नहीं है।" सीमा ने सुझाव दिया। धनीराम तथा सीमा की बुआ का दामाद सुबह-सुबह भाई के ससुराल में जा पहुँचे। उनको अचानक सुबह-सुबह आया देख भाई तथा ससुराल वाले चकित रह गये। भाई ने अपनी सास को चाय बनाने के लिए कहा। उनके चाय बनाने के लिए उठने से पहले ही बुआ का दामाद बोला—"दिखा दो जी उन्हें, हमारे पास पैसों की कोई कमी नहीं है।" और धनीराम ने दो हज़ार के नोट जो उसकी साली ने दिये थे, भाई की ओर बढ़ा दिये। भाई ने नोटों

को उठाकर धनीराम के हाथों में दुबारा रख दिया। धनीराम ने उन्हें अपनी जेब में डाल लिया।

दोनों वहाँ से चार-पाँच मिनट में ये कारनामा कर चल दिये। भाई कुछ नहीं बोला। दूसरे दिन भाई ने आत्माराम को इस घटना का ब्योरा दिया तो आत्माराम को लगा कि किसी ने पेट्रोल पर जलती हुई माचिस की तीली डाल दी है। शाम को आत्माराम ने उपरोक्त घटना का ज़िक्र जब धनीराम से किया तो वह चुपचाप खड़ा होकर सुनता रहा–"अगर मैं उस वक़्त वहाँ होता तो तेरे फ़ूफा के दामाद के गालों पर चार जूते मारता। कह देना उससे कि हमारे घर के मामले में कभी दख़ल ना दे।" आत्माराम उबल पड़ा। "तुम्हें इतना भी विवेक नहीं रहा कि तुम क्या करने जा रहे हो? अपने ही परिवार तथा ख़ानदान की इज़्ज़त अपनी ही हाथों अपनी हरकत से मिट्टी में मिला रहे हो। वे लोग तुम्हें कितनी अच्छी तरह से इस्तेमाल कर रहे हैं, ये तुमने कभी सोचा है। कुछ रुपल्ली में तुमने अपने-आपको एक गुलाम से भी गये-गुज़रे दर्ज़े में ढाल दिया है। उन सबका हमारे परिवार के प्रति एक गहरा षड्यन्त्र है, यहाँ तक कि उसमें चमेली चाची भी शामिल हैं। चाची अपनी जिठानी की यानी हमारी माँ की पैठ तथा इज़्ज़त का बदला ले रही है। हमारी माँ की क्या प्रतिष्ठा थी, जब वे जीवित थीं और चाची की क्या थी, उसके रहते हुए। ज़रा गाँव में जाकर बूढ़ी महिलाओं से पूछो। माँ ने सिद्धान्तों से कभी समझौता नहीं किया और ये हमेशा सिद्धान्तों से समझौते करने की सलाह लिये फिरती रहती हैं। वो सिद्धान्तों के लिए ग़रीबी में दो-दो, तीन-तीन दिन भूखी रहती थी और ये गुलछर्रे उड़ाया करती थीं। हमारी माँ हमारे पितामह की आँखों की तारा थी। ये उनकी आँखों की किरकिरी। इन सभी बातों को ध्यान में रखकर ही चाची इस साज़िश में मन से शामिल है। कभी सोचा है तुमने इस बात को? कुछ पैसों से शरीर के साथ-साथ क्या तुमने बुद्धि भी बेच दी है?" आत्माराम प्रश्नों की झड़ी लगाता चला गया। धनीराम कुछ नहीं बोला। क्या विवशता विकराल रूप में उस पर छा गयी है या उसकी सोच कुण्ठित हो गयी है? आत्माराम सोच में डूब गया।

किसी के परिवार की प्रतिष्ठा, मान-मर्यादा की धज्जियाँ उड़ाने के लिए कितना सस्ता सौदा धनीराम की साली एण्ड कम्पनी को प्राप्त हो चुका था।

रूपा के विवाह के डेढ़ वर्ष बाद आत्माराम के एक और भाई नरेन्द्र का विवाह हो गया था। विवाह से पहले ही वह अपना मकान अलग रहने के लिए ले चुका था। उसके विवाह की कर्ता-धर्ता भी सीमा ही थी। भाई की होने वाली पत्नी रिश्ते में सीमा की ममेरी बहन लगती थी। आत्माराम तथा उसके परिवार को इस विवाह के मामले में फिर उपेक्षित रखा गया। उन्हें न ही बुलाया और न ही मना किया। आत्माराम उधेड़-बुन में था कि जाये या न जाये। अपमानों के कई घूँट वो पहले ही रूपा के विवाह में पी चुका था, अब और घूँट नहीं पीना चाहता था। दूध का जला छाछ भी फूँककर पीना चाहता था। विवाह गाँव में होना था। नहीं जाता तो लोग कहेंगे कि छोटे भाई के विवाह में आत्माराम नहीं गया। जाता तो फिर अपमानों का सिलसिला शुरू हो सकता था। आत्माराम ने अपनी गाड़ी में पेट्रोल भरा। सर्दी के दिन थे, दो-तीन कम्बल लिये परिवार के साथ गाड़ी में बैठा और चौराहे पर सोचने लगा कि जायें न जायें, जायें तो कहाँ जायें। उसने अनमने मन से गाड़ी अपनी ससुराल की ओर बढ़ा दी।

विवाह के दौरान किसी को इस बात की न तो चिन्ता थी और न ही परवाह कि पिता जी के बाद घर में सबसे बड़ा व्यक्ति होने के नाते आत्माराम को बुलाने की बात कोई करता।

विवाह के बाद सीमा अपने देवर के घर लगभग तीन महीने तक अपनी नव विवाहिता देवरानी के पास रही, पर इस दौरान एक बार भी अपनी जेठानी उषा के पास नहीं आयी। शायद अपनी ओर से उसने रिश्तों को रस्मी तौर पर भी समाप्त कर दिया था।

रूपा के विवाह के चार महीने बाद ऐन दिवाली के दिन गिरने से उषा का दाहिना हाथ टूट गया। रूपा औपचारिकतावश उषा का हाल-चाल जानने आयी चूँकि दाहिना हाथ टूटा था और उषा कोई भी काम करने में असमर्थ थी। ज़्यादातर काम यहाँ तक कि खाना बनाना, बर्तन साफ़ करना आत्माराम को ही करना पड़ता था। थोड़ी देर में रूपा का भाई कक्कू भी आ गया।

शाम का समय था। रूपा सोफ़े पर बैठी थी। आत्माराम सुबह के बर्तन साफ़ कर रहा था। शाम के खाने की तैयारी भी करनी थी।

"जीजी भूख लगी है, खाना बनाओ, मैं खाऊँगा। ताऊ जी आदि भी खा लेंगे।" कक्कू बोला।

"तू वहीं चल, घर पर बना दूँगी।" रूपा बोली। आत्माराम के हाथ से विम पाउडर लगी थाली छूट गयी। रूपा उसे जल्दी घर ले जाने लगी।

"मैं बना रहा हूँ न खाना, तुम खाना खाकर जाना।" आत्माराम बोला। आत्माराम रूपा का मन टटोलना चाहता था कि शायद इसे शर्म आये।

"रहने दो ताऊ जी, इसे भूख थोड़ी लगी है। ये तो यूँ ही कह रहा है।" रूपा ने सफ़ाई दी। कक्कू चुप रह गया।

जब ताई का हालचाल जानने के लिए आयी। ताऊ जी बर्तन साफ़ कर शाम के खाने का प्रबन्ध अपने, उषा तथा तीन बच्चों के लिए करने तैयारी मैं थे तो क्या रूपा इस बात से अनजान थी? नहीं तो फिर केवल औपचारिकता के रिश्ते-नाते रखने की क्या तुक थी? रिश्तों की नींव औपचारिकता पर कभी भी नहीं टिक सकती। औपचारिकता एक बोझ है, उस बोझ को लादने की उसे कौन-सी लाचारी थी। आत्माराम की समझ में यह बात बहुत पहले ही आ चुकी थी। आत्माराम को औपचारिकता में न तो जीना अच्छा लगता था और न ही मरना।

कुछ पलों में रूपा कक्कू को अपने साथ ले गयी, और आत्माराम बर्तन साफ़ करते रह गये।

एक दिन मई का महीना था। नन्दपुर से लग्न-पत्रिका आयी तो पता चला कि आत्माराम के एक और भाई जैनेन्द्र का विवाह है। आत्माराम तथा उसके परिवार को और खासकर आत्माराम की पुत्री को बहुत ख़ुशी हुई कि अब जैनेन्द्र का विवाह हो रहा है। जैनेन्द्र का विवाह होना एक दिवास्वप्न था। उसमें किसी तरह का शारीरिक या मानसिक दोष नहीं था पर उसे बचपन से ही इस तरह सीमा द्वारा दबाया गया था कि वो निर्णय लेने की क्षमता खो बैठा था। जैनेन्द्र को इस तरह महसूस करा दिया गया था कि वो कुछ नहीं कर सकता, उससे कुछ नहीं हो सकता। वो केवल घर के काम, जैसे—पानी भरना, गोबर उठाना, चारा लाने जैसे ही काम कर सकता है। उसकी ऐसी छवि बना दी गयी कि जैनेन्द्र अपना आत्मविश्वास

खो बैठा था। इतना ही नहीं, उसे इस तरह प्रचारित भी किया गया। ऐसे में उसे भला कौन अपनी लड़की देता? चाची ने तो एक दिन आत्माराम से कह दिया कि उसे कई तरह की बीमारियाँ हैं। चाची का आशय यौन रोग से था। विवाह का समाचार सुनकर आत्माराम की पुत्री को इतनी ख़ुशी हुई कि उसने एक सौ एक रुपये का प्रसाद मरघट वाले हनुमान जी को चढ़ाने की घोषणा कर दी।

आत्माराम अपने परिवार के साथ यथा समय ओटरली जाने को तैयार हो गया। रेल के आरक्षित कम्पार्टमेण्ट में जब वो बैठने को हुए तो देखा कि उसी गाड़ी से चमेली चाची, चाची की लड़की तथा रूपा भी जा रहे हैं। ये एक संयोग मात्र था कि सब एक ही गाड़ी से दिल्ली से चल रहे थे। आत्माराम अपने कम्पार्टमेण्ट में जो सिंगल सीट होती है, उस पर बैठ गया। उसके परिवार के लोग उसी कम्पार्टमेण्ट में लम्बी वाली सीट पर बैठ गये। उसी कम्पार्टमेण्ट में चाची तथा उनकी बेटी और रूपा का आरक्षण था, वे सब वहाँ बैठ गये। चाची तथा उनकी पुत्री उषा के पास यूँ ही बातें करने के लिए आ बैठी। गाड़ी चलने में अभी विलम्ब था। रूपा वहीं बैठी रही।

थोड़ी देर बाद दोनों अपनी-अपनी जगह पर चली गयीं। कुछ देर बाद चाची की पुत्री अपने हाथ में सामान लेकर आत्माराम के कम्पार्टमेण्ट के गलियारे से जाने लगी। "क्या हुआ?" आत्माराम ने पूछा। "हमारा आरक्षण पिछले कम्पार्टमेण्ट में है हम ग़लती से अगले वाले कम्पार्टमेण्ट में बैठ गये थे।" चाची की पुत्री बोली। एक कम्पार्टमेण्ट से दूसरे में जाने का गलियारा उस गाड़ी में था। सोचा कि चाची तथा रूपा भी पीछे-पीछे आ रही होंगी। आत्माराम ने देखा, रूपा तथा चाची अगले कम्पार्टमेण्ट से प्लेटफॉर्म पर उतर रही थीं और फिर प्लेटफार्म से पिछले कम्पार्टमेण्ट में, जहाँ उनका आरक्षण था, दोनों चढ़ गयीं। आत्माराम को यह समझ में नहीं आया कि जब दो कम्पार्टमेण्ट के बीच आने-जाने के लिए गलियारा था तो प्लेटफॉर्म पर उतरकर जाने की क्या तुक थी। रूपा को अगर आत्माराम तथा उसके परिवार से कुछ शिक़ायत थी तो वो अकेली चली जाती। चाची उसके साथ क्यों गयी? अगर रूपा ने चाची को प्लेटफॉर्म पर उतरकर पिछले

कम्पार्टमेण्ट में जाने के लिए कहा भी था तो चाची को साफ़ कर देना चाहिए था और कहना भी चाहिए था कि आत्माराम तेरे ताऊ हैं, कोई ग़ैर नहीं। तुझे अगर इस तरह जाना है तो तू जा, मैं तो कम्पार्टमेण्ट के गलियारे से ही जाऊँगी। फिर छह माह की गर्भवती रूपा को इस तरह उतरना-चढ़ना नहीं चाहिए पर चाची ने भी कुछ नहीं कहा। वो रूपा के पीछे-पीछे मौन उस बकरी की तरह हो ली, जिसकी रस्सी हाथ में थामे आगे-आगे गड़रिया चलता है।

ऐसी हरकतों पर चाची यदि अंकुश न भी लगाती तो कम-से-कम विरोध दर्शाती तो रूपा तथा सीमा के हौसले इतने परवान नहीं चढ़ते। ख़ामोशी की ख़राश कितनी ख़ुदगर्ज़ होती है तथा उसकी मार कितनी प्रहारक हो सकती है, आत्माराम कई बार ये सब देख चुका था।

रूपा तथा चाची पिछले कम्पार्टमेण्ट में पहुँच गयीं, फिर थोड़ी देर के लिए चाची गलियारे से गुज़रती हुई उषा के पास पहुँच गयी।

"तुमने आरक्षण कब का करवाया था? क्या किसी और गाड़ी का नहीं मिला? वापस कब आना है?" चाची अपनी आत्मीयता तथा निकटता को दिख़लाते हुए उषा से सवाल करने लगी। उषा सोचने लगी कि इन औपचारिकताओं से भरे हुए सवालों का क्या अर्थ है? चाची के बात करने के अन्दाज़ तथा सूरत से ऐसा लग रहा था मानो चाची ने चोरी की हो और उषा उनकी चोरी न पकड़ ले।

थोड़ी देर बैठने के बाद चाची अपने कम्पार्टमेण्ट में चली गयी। फिर नन्दपुर आने तक उषा के पास नहीं आयी। ना ही आत्माराम तथा उषा उनके पास गये।

नन्दपुर स्टेशन पर आत्माराम का छोटा भाई ओटरली ले जाने के लिए जीप लाया था। स्टेशन पर उतरे तो बोला—"भाई साहब जीप लाया हूँ। आप उसमें चलिए।"

"हमारे लिए या किसी और के लिए?" आत्माराम ने पूछा।

"आपके लिए ही।" भाई बोला।

"मैं नहीं चलूँगा जीप में।" आत्माराम ने कहा।

"क्यों? भाई साहब?"

"हर सवाल का जवाब नहीं दिया जाता। मैं ऑटो करके आ जाऊँगा।" आत्माराम बोला। रेल वाली घटना आत्माराम को अभी तक कचोट रही थी।

"भाई साहब! आप शशांक तथा निशांक को तो भेज दीजिए।" भाई ने कहा।

"मुझे एतराज़ नहीं, अगर जाते हैं तो।"

"पापा जी हम चले जायेंगे।" शशांक बोला।

आत्माराम, उषा और उनकी बेटी के अलावा सारे लोग जीप में चले गये और ये तीनों रात को होटल के कमरे में रुककर अगले दिन सुबह ऑटो से पहुंचे।

रात को दस बजे वे सब जीप से पहुँच चुके थे। शशांक व निशांक आत्माराम के दोनों पुत्रों को भूख लगी हुई थी। इनको खाने के लिए न तो सीमा ने पूछा और न ही किसी और ने। सुबह हो गयी।

सुबह आत्माराम तथा उषा अपनी पुत्री के साथ ऑटो से जब गाँव पहुँचे तो उसके एक दिन पहले ही सारे गाँव की दावत हो चुकी थी। पर किसी ने ये नहीं पूछा कि आपके लिए नाश्ता लगाया जाये या लाया जाये।

"आख़िर मैं भी घर की एक सदस्य हूँ। अपने अधिकारों को अमल में मैं भी ला सकती हूँ।" उषा ने सोचा। वह स्वयं आत्माराम के लिए नाश्ता लेकर आ गयी। सीमा के माथे पर पड़ी हुई तोड़ियों की ओर उषा ने ध्यान तक नहीं दिया, न ही ध्यान देने की उसने ज़रूरत महसूस की।

"नाश्ते के लिए भी क्या उसे अपने ही घर में किसी और से आज्ञा लेनी होगी?" उषा ने सोचा। चाची नाश्ते की प्लेट की ओर देखती रह गयीं। विवाह में ज़्यादातर सीमा के मायके की तरफ़ वाले ही लोग थे।

जिस दिन आत्माराम पहुँचा, उसी दिन बारात जानी थी। आत्माराम को अपनी तरफ़ से कुछ भी तैयारी नहीं करनी थी। बारात दो घण्टे के सफ़र के बाद जीप से दुल्हन के घर पहुँच चुकी थी। दुल्हन के पिता तथा बहुत से नज़दीकी भाई-बन्धुओं को अन्त तक पता ही नहीं चला कि आत्माराम दूल्हे का सबसे बड़ा तथा सगा भाई है। आत्माराम भी भला खुद क्यों कहता कि वह दूल्हे का सगा बड़ा भाई है। आत्माराम ने अपने आपको अपनी खोल में

ही रखना ठीक समझा। सबमें होते हुए भी वह अकेला था। इस भीड़-भाड़ में वह जलना नहीं चाहता था। तपन से ज़्यादा उसे अपनों की जलन ज़्यादा नज़र आयी। तभी तो उन्होंने परिचय नहीं कराया कि आत्माराम दूल्हे का क्या लगता है। बेचारे लड़की वालों का क्या दोष! आत्माराम ने अब किसी में दोष देखने की आदत को ख़त्म कर दिया था। दोष तो उसे अब अपने में नज़र आने लगे थे, खासकर उन परिस्थितियों में जिनमें वो जी रहा था। उपेक्षा उसके पीछे हाथ धोकर पड़ी हुई थी। बारात वापस घर आयी।

इधर घर की सारी औरतें खौड़ियाँ मनाने में व्यस्त थीं। एक-दूसरे में घी-शक्कर की तरह घुल-मिल रही थीं। मगर उषा से किसी ने ये नहीं कहा कि वो भी शामिल हो ले। कहने की तो बात दूर, किसी ने भी नहीं पूछा कि उसने खाना खाया है या नहीं।

खौड़ियों से निवृत्त होकर सब अपने-अपने स्थान पर जाकर सो गयीं पर उषा को किसी ने न सोने की जगह बताई और न ही सोने को कहा। सोने के साधन तक उपलब्ध नहीं कराये। सारी रात उषा ने अकेले बैठे-बैठे काट दी। रात कितनी काली तथा भयानक हो सकती है, ये बात उषा को खौड़ियाँ के खेल में स्पष्ट दिख रही थी। दर्द ने अपना दामन उषा को पूरी तरह थमा दिया था। दर्द के आलम में वह अकेले उस रात जीती रही। चाची, सीमा और रूपा की हरकतों में अजीब चुलबुलाहट थी।

उषा ने ये सारी बातें आत्माराम को बतायीं तो वह बोला—"तुम मुझे क्यों यहाँ लायी?"

"आना तो था ही जैनेन्द्र के विवाह में। अगर हम नहीं आते तो मेरे मन में हमेशा के लिए यह कसक रह जाती।" उषा बोली—"इतने सीधे-सादे इनसान के विवाह में अगर हम शामिल नहीं होंगे तो फिर किसके विवाह में होंगे?" उषा ने शान्त भाव से कहा।

"और ये इतना सारा अपमान! क्या रूपा के विवाह के वक़्त का अपमान तुम भूल गयी?" आत्माराम के स्वर में तेज़ी थी।

"मुझे इस बात का अहसास था, फिर भी इस विवाह में आना ज़रूरी था।" उषा ने कहा।

"ठीक है, कराती रहो अपना अपमान और उसे सहती ᵖ रहो।" आत्माराम बोला।

विवाह के बाद आत्माराम तथा उसका परिवार दिल्ली वापस आना चाहता था। सीमा ने चाची की सलाह से एक-एक किलो की मिठाई की पोटलियाँ बाँध दी थीं।

"भाई साहब, यह आपकी तथा बाकी की एक-एक पोटली आपके सालों तथा दोनों साढुओं की है, रख लो।" धनीराम बोला।

"नहीं ले जानी मुझे।"

"क्यों?"

"वैसे ही।" आत्माराम बोला।

"वैसे ही क्यों?" धनीराम ने प्रश्न किया।

"हर प्रश्न का उत्तर देने की ज़रूरत नहीं होती। उत्तर अपने-आपमें समझ आ जाता है। कन्यादान के रूप में रूपा के विवाह पर उन्होंने जो रुपये दिये थे, उन्हें लौटाने की तुमने पूरी कोशिश की। मैं उस घटना को अभी भूला नहीं हूँ।" आत्माराम बोला।

"नहीं भाई साहब, आप ले जाओ।" धनीराम ने ज़ोर देकर कहा।

"अगर ज़बरदस्ती से दिया तो मैं इनको सड़क पर फेंक दूँगा।" आत्माराम गुस्से में बोला।

धनीराम ने मिठाई की पोटलियाँ आत्माराम के सामने से हटा लीं।

"क्या हुआ?" पिताजी ने जानना चाहा। तब तक पिताजी बाहर से घर में आ चुके थे;

"कुछ नहीं, भाई साहब दिल्ली जा रहे हैं।" धनीराम ने धीरे से कहा।

"अभी चार-पाँच दिन और ठहर जाता।" पिजाजी ने इच्छा व्यक्त की। आत्माराम सोच में पड़ गया। उन्हें क्या पता कि चार-पाँच दिन आत्माराम अपनी आत्मा को कचोटते हुए कैसे गुज़ारेगा। आत्माराम ने पिता की बातों का सम्मान करते हुए अपना बँधा हुआ सामान खोल दिया।

विवाह के तीसरे दिन रूपा के पति वापस जाने को हुए तो सब उन्हें विदा करने में लग गये। उषा ने टीका करके उनके हाथों में भेंटस्वरूप रुपये

दिये और उसी क्षण रूपा को भी इक्कीस रुपये भेंट देना चाहा। "रख लो अपने पैसे अपने पास, हमने भी बहुत देखे हैं पैसे।" रूपा उफनती हुई बोली। उषा ने सोचा भी नहीं था कि रूपा का ये रूप होगा। रूपा ने ये भी नहीं सोचा कि जब पति महोदय ने भेंट सहज स्वीकार कर ली तो वह स्वयं कहाँ रह जाती है।

रूपा के ये शब्द सनसनाते हुए उषा के कानों से टकरा गये पर रूपा के माता-पिता ने उससे कुछ नहीं कहा। यहाँ तक कि चाची भी ख़ामोश बैठी रहीं। उसके माता-पिता शायद अपनी पुत्री के वाक्य से मैदान मारने का सा आनन्द अनुभव कर रहे थे। वातावरण में पूरा सन्नाटा छाया हुआ था। आत्माराम को लगा, जैसे शब्द रूपा के थे और भाव उसके माता-पिता के। "अगर मेरी पुत्री अपने चाचा या चाची से ऐसा बर्ताव इतने सारे लोगों के सामने करती तो मैं उसकी ज़ुबान खींच लेता।" आत्माराम मन-ही-मन तिलमिला कर रह गया। उषा ने रुपये भेंट करने वाले हाथ को एक झटके से अपनी ओर खींच लिया। रिश्तों के धरातल पर इतना बड़ा गड्ढा हो जायेगा, आत्माराम ने कभी नहीं सोचा था।

आत्माराम सोचने लगा कि इस षड्यन्त्र को रचने का शौक़ किसको है? क्या चाहते हैं वे लोग? क्या छीन लिया है मैंने उनका? क्यों अपमानित करने पर तुले हैं ये लोग? किस कुण्ठा को लेकर जी रहे हैं ये सारे? शायद इन सवालों का जवाब आत्माराम को कभी न मिले। वो पता नहीं इन सवालों का जवाब खोजने में क्यों लगा हुआ है? कुछ सवाल पैदा ही होते हैं सवालों के रूप में मर जाने के लिए। जहाँ सवाल होगा, वहाँ उसका जवाब होना ही चाहिए, ऐसी धारणा इनसानों में क्यों पनपती है? चमड़ी तथा ख़ून में ही रिश्ते-नाते ढूँढने की परिपाटी को क्यों आत्माराम ढो रहा है? रिश्ते-नाते बनाने और बने-बनाये को मानने के लिए दिल पर ज़ोर नहीं डाला जा सकता। ये इसी से बनते हैं, जब हृदय उल्लासित होता है और इसी से बिगड़ते हैं, जब वो प्रताड़ित होता है। चमड़ी तथा ख़ून का नाता तो मात्र दिखावा है। आत्माराम ने सोचा।

रूपा के पति ने आत्माराम के सोचने की शृंखला को काटा। जब जाने से पहले उन्होंने आत्माराम के पैर छूने चाहे। आत्माराम ने उसकी बाँहें

पकड़कर प्रेमवश उठाते हुए ऐसा करने से मना किया और वह नन्दपुर जाने वाली बस में सवार होने के लिए चल पड़ा। आत्माराम भी बस स्टैण्ड तक उन्हें छोड़ने आया।

आत्माराम पिता के कहने पर अपने परिवार के साथ चार-पाँच दिन के लिए रुक तो गया पर वे चार-पाँच दिन उसने अजनबी जैसे काटे। उसे सब अजनबी से लग रहे थे। जहाँ का कण-कण उसे कुछ पहले अपना लगता था। जहाँ पहुँचने के नाम से ही वो पुलकित हो जाता था। आज सारा-का-सारा वातावरण उसे अजनबी होने का अहसास करा रहा था। अपनी वस्तु को परायेपन में परिवर्तित होने में भला देर ही क्या लगती है। उन्मत्त वातावरण भी घुटन भरे घर में बदल जाता है।

आत्माराम ज़्यादातर अपने घर के बाहर नीम के पेड़ के नीचे बिछी खाट पर लेटा या बैठा रहता। न किसी से बोलता और न किसी से बात करता। क़ैद के लिए दीवारें होना ज़रूरी नहीं। खुला वातावरण भी क़ैद का रूप ले लेता है। वो अब घुटन भरा घर था जहाँ से चैन और चेतना आत्माराम के लिए पलायन कर चुके थे।

आत्माराम किसी से कुछ कह नहीं सकता था। कोई कुछ सुनना भी नहीं चाहता था। हर कोई सोच रहा था कि आत्माराम यहाँ क्यों आ गया। अगर आ गया है तो फिर क्यों यहाँ टिक गया है। ये ठौर उसे ठुकरा रहा था। ठिकाना ठिठोली कर रहा था। मनुष्य परिस्थितिजन्य होता आया है, इस बात का अहसास आत्माराम को आज तक नहीं था? पर अब उस सत्य में भी डूब गया था। सोच रहा था कि मेरा घर उस पार है। प्रभु! मैं कहाँ पर आ गया?

इसी दौरान एक बात आत्माराम के मन में हमेशा के लिए बस गयी। अन्य लोगों के साथ उषा खाना खा रही थी। खाने के अन्त में पापड़ का अन्तिम ग्रास ग्रहण कर रही थी कि इतने में "ये पापड़ सनोला के है ना मम्मी?" रूपा ने चिढ़ाने के स्वर में सीमा की ओर देखकर कहा। बाहर बैठे आत्माराम के कानों से ये शब्द टकराए।

आत्माराम ने सोचा कि उषा से कहूँ कि "थूक दो पापड़ को! अगर हो सके तो उल्टी करके निकाल दो उसे।" आत्मराम नहीं चाहता था कि सीमा

के मायके की कोई चीज़, किसी भी रूप में उनके शरीर में जाये। यहाँ तक कि उस ओर से आती हुई हवा भी उसकी साँसों में समाये।

सीमा मुस्कुराकर रह गयी।

दोपहर का वक़्त था। सब खाना खा चुके थे। खाना खाने के बाद आत्माराम आराम कर रहा था। उसी कमरे में एक टेप रिकॉर्डर बज रहा था। आत्माराम को न तो टेप रिकॉर्डर से और न ही उसमें बजते गानों से कोई लेना-देना था। आत्माराम अपने ही ख़यालों में खोया था। कुछ जागा-सा और कुछ सोया-सा, लेटा हुआ था।

"मम्मी ये टेपरिकॉर्डर... मामा का है ना। सनोला का है ना?" कहती हुई रूपा आयी और टेप रिकॉर्डर एक झटके से लेकर चली गयी। सीमा ख़ामोशी में भी बहुत कुछ कह गयी।

इन सारी घटनाओं से आत्माराम पूरी तरह पल-पल, तिल-तिल बाणों से बिंध सा रहा था। पर न तो पिता से कुछ कह सकता था और न ही अनुजों से। अनुज तो सारे-के-सारे एक तरह से सीमा की कुटिल चाल में फँसे हुए थे। आत्माराम घुटन के घाट पर घुटा-लुटा-सा महसूस कर रहा था।

रूपा जहाँ पली-बढ़ी वहाँ से उसे इस तरह संस्कारित करके भेजा जायेगा। इस बात का अहसास आत्माराम को कई बार हुआ। उसके संस्कारों को रूप-रंग उसके नाना-नानी तथा मौसी ने शायद इसलिए दिये, ताकि वो आत्माराम तथा उसके परिवार को अपमानित, प्रताड़ित कर सके। तभी तो रूपा अपने ताऊ तथा ताई के रिश्ते को राख में परिवर्तित कर राख उनके सामने उड़ा रही थी।

कोई उसे इसलिए भी नहीं टोक-रोक रहा था क्योंकि उनकी नज़र में रूपा अत्यन्त सम्पन्न परिवार में ब्याही गयी थी। उसके सामने सब दबे-दबे से रहते। सम्पन्नता यदि अच्छे संस्कार का हरण करने में सहायक हो तो फिर वो सम्पन्नता किस काम की। अपने मायके की शेख़ी बघारने का गुण तो सीमा में जन्म से था। रूपा को दूध में जो मिला, उसी संस्कार को रूपा परवान चढ़ा रही थी। पर इसी संस्कार की बेल अगर रूपा के मायके के मकान पर चढ़ी तो क्या उस परिवार में, विघटन की, नफ़रत की दरार पैदा

नहीं होगी? अगर ऐसा हुआ तो क्या रूपा और उसके माता-पिता सुखी रह पाएँगे? आत्माराम ये सोचकर सिहर गया। इन बातों को तथा इसके परिणाम को कौन उन लोगों को समझाये? आत्माराम में ये बातें कहने का साहस था पर उसने हर बात से अपने को दूर रखना ठीक समझा। "होई सोई जो राम रची राखा"! इस वक्त राम की रचना से रूपा की रचना आत्माराम को ज़्यादा कारगर; असरदार महसूस हुई। आत्माराम आत्ममन्थन में अपने आपको बिलोहता रहा कि जब तक पिताजी हैं, तब तक तो यह आना-जाना है ही। चाहे कितना भी ये लोग अपमानित क्यों न करें। आत्माराम अपने परिवार के साथ दूसरे दिन दिल्ली के लिए चल पड़ा। कोई उन्हें बस-स्टैण्ड तक छोड़ने नहीं आया। कहाँ तो पहले वो जब भी आता तो अनुज नन्दपुर तक जहाँ से ट्रेन पकड़नी होती है, आया करते थे।

पिछली गर्मियों की छुट्टी से पहले आत्माराम के दूसरे अनुज की पत्नी अपनी माँ से मिलने दिल्ली आयी। कुछ देर के लिए वो आत्माराम के घर आयी और उषा से बोली "तुम सबको पिताजी ने ओटरली बुलवाया है।"

"क्यों?" उषा ने पूछा।

"कह रहे थे बँटवारा करना है।" अनुज की पत्नी की आँखों में चमक थी। हर वाक्य को ज़ुबान पर लाते समय।

"अगर बँटवारे के नाम से बुलाते हैं तो हम नहीं आयेंगे। पिताजी के रहते हुए बँटवारा किस बात का? हमें कुछ नहीं चाहिए।" उषा अनुज की पत्नी को समझाने के स्वर में बोली–"हाँ, अगर उनकी इच्छा केवल मिलने की है तो एक बार क्या, हम दस बार आयेंगे।"

गर्मियों की छुट्टी में पूरा परिवार ओटरली गया। इरादा था कि जब तक पिताजी चाहेंगे, वहाँ रहेंगे। छुट्टी-छुट्टी तो रह ही लेंगे। प्रदूषण रहित वातावरण में रहने को मिलेगा। सुबह-शाम खेत में जायेंगे। हरी-हरी ताज़ा शाक-सब्जी खायेंगे। गाय का ताज़ा दूध शशांक तथा निशांक को पिताजी देंगे। उनको अपने दादा का प्यार मिलेगा। वो प्यार जो आत्माराम को अपने दादा से भरपूर मिला था। याद आयी एक दिन की बात–पिताजी गाय का एक गिलास दूध गर्म करके अपने पिता के लिए लाये। जो दूसरे कमरे

में आत्माराम के पास, जो उस समय चार-पाँच साल का था, लेटे हुए थे। आत्माराम बोला—“मैं भी दूध यहीं पीऊँगा।”

“पीना है तो दूसरे कमरे में चल, जहाँ दूध रखा हुआ है।” पिताजी बोले। आत्माराम ने ज़िद पकड़ ली। तब तक दादाजी दूध का गिलास पी चुके थे। ये सोचकर कि दूध की हण्डिया भरी पड़ी है और इसके लिए आत्माराम के पिता ना-नुकुर करने के बाद दूध ला ही देंगे पर वे नहीं लाये।

थोड़ी देर के बाद “छोटू के लिए यहीं दूध ले आ।” दादा बोले।

“दूध समाप्त हो गया।” पिता ने कहा।

“क्या मतलब? इतना सारा दूध समाप्त हो गया?” खीझ के साथ दादा बोले।

“हाँ, दूध जमा दिया है।” पिता ने बताया—“मैंने दूध पी लिया और ये बिन पिये रह गया।” दादा बोलते हुए उठ खड़े हुए और खाली लोटा हाथ में लेकर बाहर जाने लगे?

“कहाँ जा रहे हो?” पिता ने जानना चाहा।

“रायमल के घर, इसके लिए दूध लेने।”

“इस वक़्त रात के दस बजे हैं। कहाँ मिलेगा?” पिता ने उनको रोकने के अन्दाज़ में कहा।

“कहीं भी मिले लाऊँगा ज़रूर। नहीं मिला तो मैंने जो दूध पिया है, उसकी उल्टी कर दूँगा।” दादा ने कहा।

“आप बिन बात परेशान हो रहे हैं” पिता ने दादाजी को समझाने के स्वर में कहा।

“बिना बात क्यों? हम सबने पी लिया और ये बच्चा बिन दूध पिये सो जायेगा।” दादाजी लड़ने के स्वर में बोले।

दादाजी ने बिन सोये बैचेनी में सारी रात काट दी। आत्माराम तो अपने दादा से लिपटकर सो चुका था।

उपरोक्त घटना को आत्माराम भूला नहीं था। सोच रहा था कि ऐसी आत्मीयता, प्यार, दुलार शशांक तथा निशांक को अगर अपने दादा से मिलता है तो और वे एक बार भी अपने हाथों से दूध पिलाते हैं तो आत्माराम के दादा की तड़प शान्त हो जायेगी, जो उस वक़्त उनमें पैदा हुई थी।

जब आत्माराम ओटरली के लिए अपने परिवार के साथ दिल्ली से चला तो वापसी का टिकट भी ले लिया था। ये सोचकर कि अगर पिताजी ने इच्छा व्यक्त की तो टिकट आगे बढ़वा लेंगे।

आत्माराम तथा परिवार दोपहर में ओटरली पहुँचे। पता चला कि रूपा भी दिल्ली से आयी है और दोनों माँ बेटी चार दिन से सनोला गयी हुई हैं। आत्माराम तथा उसके परिवार ने अपने दूसरे अनुज की पत्नी द्वारा बनाया खाना खाया। पिता ने शाम को गाय का दूध निकाला और गरम करके सारा-का-सारा दूध जमा देने का आदेश उन्होंने आत्माराम के अनुज की पत्नी को दिया। आत्माराम अपने दादाजी वाली घटना को मन ही मन कुरेदता हुआ रह गया।

आत्माराम से पहले अनुज नरेन्द्र अपने परिवार के साथ पहले ही दिल्ली से ओटरली पहुँच चुका था। उसकी पत्नी भी सनोला अपनी बुआ के पास गयी थी। सीमा की माँ उसकी बुआ लगती थीं।

दूसरे दिन कोई खास बात नहीं हुई। न तो किसी ने कुछ पूछा और न ही किसी ने कुछ जाना। धनीराम तो आत्माराम के पास आया तक नहीं। नीम के पेड़ के पास आया तक नहीं। नीम के पेड़ के नीचे बिछी खाट पर आत्माराम लगभग सारा दिन बैठा रहा।

"चल रहे हो खेत में?" उषा बोली।

"हाँ चलो पापाजी!" निशांक तथा शशांक बोले—"हम टयूबवैल पर नहाएँगे।"

"पापाजी मैं भी चलूँ?" पुत्री संयोगिता ने पूछा।

"चलो।" आत्माराम पुलकित होता हुआ बोला।

सब-के-सब खेत में चले गये। शाम के पाँच-साढ़े पाँच का समय होगा। ठण्डी-ठण्डी हवा के हल्के-हल्के झोंके आत्माराम को गुदगुदाते रहे। आत्माराम तथा उषा पूरे खेत में गीली तथा चिकनी मिट्टी में घूमते रहे तथा निशांक एवं शशांक ट्यूबवैल पर नहाते रहे। संयोगिता खेत में लहलहाते मिर्च के पौधों को देखती रही।

जब सब-के-सब खेत से घर आये तो शाम के सात बजने को थे। पिताजी गाय का दूध निकाल रहे थे। फिर आते-आते पता नहीं क्यों आत्माराम के

पैर जड़वत् से होते जा रहे थे। घर के पास आये तो एक अजीब तरह का सन्नाटा सनसना रहा था।

"भाभी, रूपा तथा छोटी भाभी सनोला से वापस आ गयी हैं।" आत्माराम के सबसे छोटे भाई ने सूचना दी। आत्माराम बाहर नीम के पेड़ के नीचे बिछी उसी खाट पर बैठ गया।

आत्माराम तथा उसके परिवार को आया देख सीमा का माथा ठनका। न तो उषा से उसने कुशलक्षेम पूछी और न ही बच्चों के बारे में।

"तबियत कैसी है?" बातों का सिलसिला चालू करने के लिए उषा ने औपचारिकतावश सीमा से पूछा।

"ठीक है!" सीमा बोली।

दोनों ओर से ख़ामोशी थी। उषा सोच रही थी कि क्या बात करे! जब उधर से कोई सम्प्रेषण ही नहीं है, तब बात भी क्या करनी। नहीं तो इतने दिनों बाद जब दो हृदयवान मिलते हैं तो बातों का प्रवाह झरने के समान वेगवान हो जाता है। पर यहाँ ये बात नहीं थी।

जब निशांक की आँख में चोट लगी थी तो वह आठ वर्ष का था। तब आँखों के डॉक्टर ने कहा था कि कह नहीं सकते दृष्टि आयेगी भी या नहीं। उस वक़्त आत्माराम तथा उषा की मनःस्थिति पागलों जैसी हो गयी थी। दो बार आँख का ऑपरेशन हुआ और तब कहीं जाकर निशांक को दोबारा दृष्टि मिली।

ऑपरेशन होने की घटना सीमा तथा धनीराम को पता थी। ऑपरेशन के कुछ दिन बाद जब आत्माराम तथा उषा नन्दपुर गये थे, तब सीमा तथा धनीराम ने आत्मीयता का एक शब्द भी नहीं निकाला। यह भी नहीं जानना चाहा कि अब निशांक की आँख का क्या हाल है। बस सीमा ने इतना ही जानना चाहा कि "कौन सी गाड़ी से आये हो?" गाड़ी महत्त्वपूर्ण थी, मगर आँखें नहीं। जबकि सीमा के भाई के असामयिक निधन पर आत्माराम बारह सौ किलोमीटर की यात्रा तय करके सनोला गया था। सीमा के पिता के देहावसान पर उषा अविलम्ब नन्दपुर पहुँचकर उसके गाँव सलोना गयी थी। रिश्ते की डोर का एक छोर पूरी डोर के पक्के होने की गारण्टी कैसे दे सकता है।

धनीराम भी शायद सीमा तथा उसके मायके के प्रभावों के दबाव में जी रहा था। पत्नी की बात सुनना तथा मानना सुखी दाम्पत्य जीवन के लिए उचित भी है। पर मायके के दबाव में अपने सगे बड़े भाई का अपमान, तिरस्कार, अवहेलना करना भी कहाँ का न्याय है। इतने बड़े आँख के ऑपरेशन के बारे में वो भी नहीं बोल पाया। ऐसा दबाव तो शायद गुलाम पर भी नहीं होता होगा।

रात के नौ बजे होंगे। चाँद अपने पूरे यौवन पर था। ठण्डी-ठण्डी हवा चल रही थी।

आत्माराम यूँ ही खेत की ओर चल पड़ा जो घर से आधा मील फासले पर था। ठण्डी-ठण्डी चाँदनी रात में खेत में टहलना आत्माराम को बड़ा सुख दे रहा था। शीतल हवा अपने झोंको के साथ अठखेलियाँ कर रही थी। आत्माराम को लगा मीलों यूँ ही चलता चला जाऊँ। दस-साढ़े दस बजे वो घर वापस आया और नीम के पेड़ के नीचे बिछी खाट पर सो गया। सोया भी ऐसे, जैसे घोड़े बेचकर। मगर कभी-कभी नींद खुल भी जाती थी।

रात को रूपा बड़बड़ा रही थी। "मम्मी ये लोग क्यों आये हैं? किसने बुलाया है इन्हें?"

"पता नहीं क्यों आये?" सीमा बोली। संयोगिता को सुनकर बड़ा अचम्भा हुआ।

"क्यों? हमारा कोई अधिकार नहीं है? क्या हमारे दादाजी का घर नहीं है ये?'' वो बोल पड़ी।

"जीजी! मुझसे भी संयोगिता जीजी नहीं बोलीं।" अनुज गजेन्द्र की पुत्री मालती ने आग में घी डाला।

"तू क्यों बोल रही थी?" रूपा बोली।

"पता नहीं कितने दिन रहेंगे ये सब?" मालती फिर बोली।

संयोगिता उठ खड़ी हुई और उषा से बोली–"मैं पापाजी को अभी बताती हूँ, हम अब इसी वक़्त यहाँ से चल देंगे।"

"रात बहुत हो चुकी है, नन्दपुर यहाँ से चौदह-पन्द्रह किलोमीटर दूर है। जाने के लिए सवारी का कोई प्रबन्ध भी नहीं है। अपने पापाजी को सोने दे। सुबह-सुबह पहली बस से चल देंगे।" उषा ने कहा।

संयोगिता सारी रात रोती रही। सुबह जब आत्माराम उठा तो संयोगिता ने कहा—"पापाजी! वापस दिल्ली चलो।"

"क्यों? अभी परसों ही तो आये हैं? हमारा रेलवे आरक्षण ही आठ दिन बाद का है। तब तक कहाँ रहेंगे।" आत्माराम बोला।

"कहीं भी रहेंगे। होटल में रहेंगे पर यहाँ से चलो।" संयोगिता ने रुआँसे स्वर में कहा।

"पर क्यों?" आत्माराम ज़रा ज़ोर से बोला।

संयोगिता ने उषा के न चाहते हुए भी रात वाली घटना पूरी-की-पूरी आत्माराम को सुना दी।

"तुमने रात ही क्यों नहीं जगाया मुझे?" आत्माराम ने जानना चाहा।

"मम्मी ने मना कर दिया था।" संयोगिता ने बताया। आत्माराम को ध्यान आया कि तभी तो क्यों उसे दूर-दूर तक चलने का मन हो रहा था और खेत से घर आते वक़्त क्यों पैर जड़वत हो रहे थे।

सुबह जब आत्माराम अपने परिवार के साथ चलने को हुआ तो किसी ने रोका नहीं। बिन चाय पिये आत्माराम परिवार के साथ निकलने को हुआ, जबकि सबको पता था कि आत्माराम को नहाने के तुरन्त बाद चाय पीने की आदत है।

"मत जाओ ताई जी!" मालती रोती हुई बोली। शायद अपनत्व के अंकुर उसमें पूरी तरह मरे नहीं थे। कहीं कुछ जान थी उनमें।

"तू क्यों रो रही है मालती, किसी को जाना है तो जाये, रहना है तो रहे।" धनीराम बोला।

आत्माराम ने अपनी अटैची उठायी और अपने परिवार के साथ बस-स्टैण्ड की ओर चल पड़ा। जबकि बस को आने में एक घण्टा बाकी था। सब इस तरह देख रहे थे मानो घर का कूड़ा फेंका जा रहा है या फिर घर से अर्थी उठ रही है। अर्थी जब उठती है तो रोने की रफ़्तार एकदम तेज हो जाती है। सुबकियाँ, सिसकियाँ दहाड़कर रोने में परिवर्तित हो जाती हैं। पर यहाँ तो ख़ामोशी का आलम था। श्मशान की शान्ति का।

सीमा पल्लू मुँह में दबाये दरवाज़े के पास खड़ी होकर उन सबका जाना देख रही थी। रूपा खुश होते हुए अपने पुत्र को प्यार कर रही थी। धनीराम

की नज़रें विपरीत दिशा में आकाश की ओर बेफ़िक्र होने के भाव से उठी हुई थीं। पिताजी की नज़रों में शून्यता व्याप्त थी।

अपमानित करने में कोई कसर बाक़ी थी तो यही कि सबको एक-एक लात नहीं मारी गयी पर ये बर्ताव लात मारने से क्या कम था। पहले लाया, फिर अपमानित किया। अपने ही घर में अपमानित कैसे हुआ जाता है, इसका उत्कृष्ट उदाहरण था ये।

जब आत्माराम बस-स्टैण्ड पहुँचा तो सोच रहा था कि गजेन्द्र तथा नरेन्द्र उसे मनाने आयेंगे और वापस ले जाने के लिए आये तो वो वापस चल देगा पर ऐसा नहीं हुआ। आत्माराम ने सोचा कम-से-कम नरेन्द्र तो ज़रूर आयेगा, क्योंकि जब वो छोटा था तब कैसे फूट-फूटकर रोता था, जब आत्माराम दिल्ली जाने को होता था पर वह भी नहीं आया। इतने में बस आ गयी। वे बस में चढ़े और धूल उड़ाती हुई बस चल पड़ी।

बस का धूल उड़ाना आत्माराम को अच्छा नहीं लगा। उसे लगा कि धूल वक़्त उड़ा रहा है और आत्माराम धूल में धुँधला-सा हो गया। बस आत्माराम के पिता के घर के पास से गुज़री। आत्माराम ने देखा तो पिता खाट पर ख़ामोशी से खोये हुए से बैठे थे। लाचारी ने पता नहीं पिता पर इतना गहरा अंकुश क्यों लगा दिया? नहीं तो कड़ककर कह सकते थे–"मेरे बाद यही तो सर्वेसर्वा है इस घर का और फिर रूपा तेरा विवाह होने के बाद तुझे यहाँ पर दख़ल देने से क्या मतलब? शादी के बाद तेरे लिए सब बराबर हैं।" पर यहाँ तक सोचना शायद उन्होंने ठीक नहीं समझा। तभी तो निरंकुशता की सीढ़ियाँ चढ़ते-चढ़ते रूपा आख़िरी सोपान तक आ पहुँची थी। इस आख़िरी सोपान पर उसे सीमा, शीला तथा धनीराम ने पूरी गति के साथ चढ़ाया था। और उसके स्वागत के लिए उस आख़िरी सोपान पर वे सारे-के-सारे बाँहें पसारे खड़े थे।

जो व्यक्ति किसी को निरंकुशता की सीढ़ी चढ़ाता है या चढ़ने देता है, फिर उस निरंकुश व्यक्ति के लिए सीढ़ी पर चढ़ाने वाले व्यक्ति के सिर पर चढ़ने में देर ही क्या लगती है। जो आज उसकी हरकतों पर इठला रहे हैं, कल वे बिलबिलाएँगे। निरंकुशता अन्धत्व को जन्म देती है। अन्धत्व का

केवल एक ही रंग होता है और वो है काला। इस रंग में ही वे वर्तमान तथा भविष्य जीते हैं। फिर निरंकुशता प्रदाता व निरंकुश व्यक्ति भूत के गर्त में समा जाते हैं।

मजबूरी में आत्माराम ने नन्दपुर में अपनी बुआ के घर सात दिन तक अपने परिवार के साथ डेरा डाले रखा, जो वो नहीं चाहता था। इस दौरान एक भी सदस्य ओटरली से उससे मिलने नहीं आया, मनाने की तो बात ही छोड़िए। मन से पराये होने में देर ही कितनी लगती है। पर वे सब तो पता नहीं कितनी देर से कितनी दूर हो चुके थे। आत्माराम नितान्त पराया हो चुका था। उन सबके लिए परायेपन के पोखर में आत्मीयता का पानी शायद पूरा सूख चुका था। शायद अब सूखे पोखर का ही अस्तित्व रहे।

सात दिन अपनी बुआ के घर गुज़ारकर आत्माराम दिल्ली आ गया।

जब आत्माराम अनुज के घर जहाँ कक्कू की शादी हो रही थी पहुँचा, सारा का सारा माहौल ग़मगीन हो गया। आत्माराम से तो छोड़ो आपस में भी उन्होंने बतियाना बन्द कर दिया था। मूलचन्द की मूँछें शायद ज़रूर फड़फड़ा रही होंगी। सबसे बड़े भाई का दर्ज़ा उसे प्राप्त हो चुका था। आत्माराम को साइड ट्रैक पर डाल दिया गया था।

दस-पन्द्रह मिनट बैठकर आत्माराम वापस अपने घर आ गया। इस दौरान ना तो धनीराम और न ही चाची चमेली ने कहा कि कल बारात में चलना है तथा बच्चों और उषा को भी लाना है। कबाब में हड्डी को भला कौन आमन्त्रित करेगा! चौधराहट की कुर्सी से भला कौन गिरना या उतरना चाहेगा? जब तक आत्माराम वहाँ रहा, वहाँ का माहौल विवाह का कम और मातम का ज़्यादा बना रहा। शीला का सूजा हुआ चेहरा आत्माराम को साफ़ दृष्टिगोचर हो रहा था।

दूसरे दिन बारात जाने वाली थी। धनीराम जब निमन्त्रण-पत्रिका देने आया, तब भी एक बार नहीं कहा—"भाई साहब! बारात में चलना है आपको।" फिर भला आत्माराम जाता तो कैसे? अगर आज आत्माराम की माँ होतीं तो भला अपने सबसे बड़े बेटे की इतनी अवहेलना, अपमान अनादर वो देख पातीं? आत्माराम के बिना वो एक पत्ता भी नहीं हिलने देतीं। सर्वेसर्वा होता

वो शादी में। लाल थैली उसी के हाथ में थमाई गयी होती। उसने भी इस पारिवारिक पेड़ को सींचकर हरा-भरा किया था। इस पेड़ की डालियाँ इतनी हरी-भरी थीं कि औरों के पेड़ सूखे, नितान्त ठूँठ नज़र आते थे।

आत्माराम तथा उषा रात भर सोचते रहे। "बारात में चलो, नहीं बुलाया पर मैं कक्कू की घुड़चढ़ी में ज़रूर जाऊँगी। उसके माथे पर टीका लगाऊँगी।'' उषा ने कहा।

''जब बुलाया ही नहीं और ख़ासतौर पर तुम्हें तो फिर जाना कैसा?'' आत्माराम ने समझाने के भाव में उषा से कहा। ''बिन बुलाए महफ़िल में जाना ठीक नहीं।'' आत्माराम बोला।

"नहीं बुलाया तो न सही पर मैं घुड़चढ़ी की रस्म में ज़रूर भाग लूँगी। कक्कू और आप सब उसी हरे भरे पेड़ की हरी-भरी डाली हो जिसको माताजी ने अपने ख़ून-पसीने से सींचा था। उस डाल का लहलहाना मैं देखना चाहूँगी। आज माताजी होतीं तो कितनी ख़ुश होतीं। धन्य हो गयी होतीं, अपने पोते को घोड़ी पर बैठा देखकर।"

आत्माराम मना नहीं कर सका। अपनी गाड़ी लेकर परिवार के साथ वहाँ चला गया और अपनी गाड़ी वहीं खड़ी कर दी, जहाँ बारात को ले जाने के लिए बस खड़ी थी।

सबको फिर आश्चर्य हुआ। "ये तो बिन बुलाए आ गये।" शीला सीमा के कान में फुसफुसायी। सीमा शीला की ओर देखकर रह गयी।

चमेली चाची का ध्यान उन दोनों की बातों तथा हरकतों की ओर था।

कक्कू को टीका लगाते हुए उषा की आँखों से जलधारा बह रही थी। उषा को परम सन्तोष प्राप्त होने का आनन्द प्राप्त हो रहा था। "अगर नहीं आती तो सारे जीवन भर यह बात मेरे मन में कचोटती रहती।'' उषा ने सोचा। एक सौ एक रुपये उषा ने कक्कु पर वारफेर न्यौछावर किये। फिर उषा सुबकती हुई अलग हो गयी।

आत्माराम ने देखा मूलचन्द महाशय के हाथ में लाल थैली थी। "चलो जल्दी करो... जल्दी करो। बारात को पहुँचने में देर हो जायेगी।" मूलचन्द

महाशय अपना मुखिया होने का रोल निभा रहे थे। उनके बोलते ही सबके कार्यों में कुछ तेज़ी-सी आ गयी।

कक्कू घोड़ी पर सवार होकर बैण्ड-बाजे के साथ मन्दिर की ओर चल पड़ा और आत्माराम अपने परिवार के साथ अपनी गाड़ी की तरफ़ अपने घर जाने के लिए चल पड़ा।

एक ने भी नहीं कहा "कहाँ जा रहे हो? बारात में चलना है। अगर कोई कहता भी तो आत्माराम नहीं जाता। वो बारात में चलने के लिए न तो तैयारी करके आया था ना ही मूड था।" वहाँ पर उसे अपमानित होने के आसार नज़र आ रहे थे। अपमान का और घूँट पीने की क्षमता का क्षरण उसमें हो चुका था। शादी में पहुँचकर आत्माराम शायद अर्थी में परिवर्तित हो जाता। अर्थी और डोली का भला क्या मेल!

आत्माराम सोच रहा था। हरी-हरी डाल पर हरे-हरे पत्ते ही नहीं आयेंगे, पर सैकड़ों हज़ारो सुगन्ध फैलाते हुए फूल भी आयेंगे जिनकी सुगन्ध से जीवन का सारा वातावरण सुवासित हो जायेगा। धन्य हो जायेगा। उसकी माँ का सिंचन-कर्म सार्थक हो जायेगा। इस पेड़ की छाँव में बैठकर आते-जाते मुसाफ़िर अपनी थकान का पलायन महसूस करेंगे। हो सकता है चाची चमेली, शीला को इस पेड़ का फलना-फूलना, झूमना अच्छा न लगा हो। तभी तो अपने भीतर ही जलन पैदा कर ली इन लोगों ने।

किसी बात की कोई कमी आत्माराम की ओर से नहीं हुई इस पेड़ को हरा-भरा बनाने में। हरी-भरी डाल को देखकर वो अतिप्रसन्न था पर इन हरी-भरी डालों पर ये पीले-पीले पत्ते कैसे और क्यों कर आ गये? आत्माराम के लिए कसकने वाली, कचोटने वाली पहेली बनी हुई थी।

उधर बस बारात को लेकर चली जा रही थी, इधर आत्माराम अपने घर की ओर जा रहा था।

अब उसे पीले-पीले पत्तों की फड़फड़ाहट के अलावा कुछ भी नहीं सुनाई दे रहा था। हरी-हरी डाल पीले-पीले पत्तों को अपने पास कब तक रख पायेगी? ये प्रश्न आत्माराम के लिए जड़वत होकर ठूँठ-सा खड़ा रह गया।

हरी डाल तो हमेशा उद्यत रहती है अपने भीतर का जीवन ा लुटाने के लिए पर पत्ते ही जब अपने को पीले रंग में रखने को प्रवृत्त तो हरी डाल भला कर भी क्या सकती है?

"मुझे तो हर वक़्त थिरकने की चाह थी, कभी टूटा घुँघरू तो कभी पायल बिखर गयी।" आत्माराम गहरी सोच में डूब गया।

❑❑